Ludger Jansen

Hauptsalat

Forevermore

Zutaten

Hinführung	9
Stopp	12
Schlaflos im Wind	14
Wenn am heiligen Abend	17
Helmpflicht für Katzen	18
Eine alte Lichtquelle	20
Augentinitus	23
Still steht mein Leben	27
Ende vom Anfang	28
Familie ist zuhause	30
Einkaufen	33
Sinnloses Bummsen	35
Fuchs du hast die Gans	39
Die Extra- Portion	41

Steine mal anders	44
Anthropoidea	46
Was wär das Jahr	50
Vielseitige Küche	51
Winter	53
So lala	55
Besuch am Meer	58
Männer sind krank	60
Bist Du verrückt	63
Kindernamen sind kein Spielzeug	65
Wochenende	68
Lachen als Begleiter	70
Werbung	73
Irgendwo muss die Post ja hin	75
Haupthaare werden überschätzt	78
Das Alphabet	81

Redewendungen	84
Ein spezielles Fenster	86
Eine Schnecke	89
Muss auch mal sein	91
Busfahrer	93
Katzen sind wie Bohnensalat	96
Favoriten	98
Sand am Strand	99
Mehr reden	101
Müssen müssen	104
Bälle sind nicht immer rund	106
Papa	109
Diverse Bretter	112
Mallorca	115
Meister der deutschen Sprache	116
Slalom im Supermarkt	118

Geschenkpapier	120
Herr Ober, Zahlen bitte	124
Falten	125
Der Himmel	128
Eklige Kleidungsstücke	129
Müde	131
Reale Engel	132
Ist "Dabei sein" alles	135
Pech/Glück	137
Whiskey-Tasting	138
Keineswegs nur fies	140
Gedanken kreisen	144
Weitsicht	145
Ode an die Eier	147
Berge, nein danke	150
Gereimt	152

Geld	154
Hab ich alles	157
Danke	158

Herstellung und Verlag:
BoD - Books on Demand, Norderstedt
ISBN 978-3-7357-2142-6

Hinführung

Woraus besteht ein Salat? In den allermeisten Fällen aus mehr als einer Zutat. Die Wunderbarsten ihrer Art, die mir in meinem bisherigen Leben untergekommen sind, besaßen sogar eine weitaus größere Anzahl. Während der Verköstigung versuchte ich stets die Inhaltsstoffe zu erschmecken und sie im günstigsten Fall mal nacheinander, mal durcheinander in meinem Gaumen wirken zu lassen. Besonderer Beliebtheit meinerseits erfreuten sich über die Jahre Zusammenstellungen, die nicht nur die jauchzenden Geschmacksknospen „Halleluja" anstimmen ließen, sondern jene, die darüber hinaus auch zwei entgegengesetzte Temperaturen in sich bargen. Des Menschen Empfindlichkeit geschuldet, handelte es sich dabei um die Temperaturen kalt und heiß bis warm.

Unser Haupt, also das des aufrecht Gehenden, beheimatet das Kontrollsystem und die Schaltzentrale des Menschen. In der vermeintlich besten aller Ausnahmen erscheint das Gehirn aufgeräumt, klar denkend und souverän handelnd. Nichts lässt den Eigentümer dieses Superhirns aus der Ruhe bringen. Auf

jede Frage reagiert er cowboyesk: Wie aus einem frisch polierten Colt schießen die präzisen Antworten in Richtung bedauernswertem Gegenüber. Dieser weiß schlichtweg nicht, wie er zu reagieren hat und fühlt sich nicht nur getroffen und gelöchert, sondern meist auch wie der letzte Depp. Man könnte den Vergleich also so ziehen, dass ein aufgeräumtes, chaosloses und abgeklärtes Haupt wie ein Salat wirkt, bei dem die Zutaten vielleicht vorhanden sind, aber eher fein säuberlich jede von ihnen auf einem eigenen Tellerchen.

Dieses Buch möchte aber Appetit auf die andere Art von Gehirnbeschaffenheit machen. Wir möchten in ein Haupt schauen, in dem die Zutaten einen Mix darstellen, der auf den ersten Blick unaufgeräumt bis chaotisch erscheinen mag. Auf den Zweiten auch. Aber liegt darin nicht eine gewisse Portion Spannung, diese Vorfreude nicht genau zu wissen, wie es schmecken wird?

Zwischen Weihnachten und den ersten drei Monaten eines neuen Jahres habe ich mir an fast jedem Tag vorgenommen, ein und dieselbe Frage möglichst wahrheitsgetreu zu beantworten: Was war heute der Gedanke, der dich nicht losgelassen hat, oder gab es ein Wort, eine Situation, die den Tag beherrscht hat?

Das Resultat ist *Hauptsalat*.

Stopp!

Morgen ist Heiligabend. Der Tag, an dem das Jahr über verlorengegangene Schäfchen den Weg in das große Gebäude in mitten ihres Dorfes finden, denen der Name dieses Hauses schon nach vier Minuten wieder blitzschnell über die Lippen kommt und der Tag, an dem eilig zusammengekaufte und gut gemeinte (aber selten gut überdachte!) „Geschenke" an die überraschte Frau, den alkoholgeschwängerten Mann oder das unstillbare Kind gebracht werden. Das Fest der Liebe.

Als ich noch eines der Kinder war, das sich selbstverständlich auch über jedes noch so unbrauchbare Geschenk gefreut hat, waren die Prioritäten an den Feiertagen klar gesetzt. Gesetzt worden! Von der Familie über Generationen überliefert wie eine alte Sage oder ein unumstößliches, immer wiederkehrendes Ritual. Jahr für Jahr. Gestört hat mich das keineswegs, denn die Erträge waren üppig und der Spuk temporär absehbar. Was nach dem Liebesfest blieb, war erstens die Erkenntnis, dass viel mehr

Personen zu unserer Familie gehörten, als an den übrigen 362 Tagen, an denen wir uns nicht liebten und zweitens ein gut gefülltes Sparschwein, welches bei mir

jedoch merkwürdigerweise ein Spar-„dings" war. Undefinierbar.

Heute, als vermutlich ausgewachsener und weitestgehend selbständiger und unabhängiger Mensch, sehe und begreife ich Weihnachten immer mehr in seiner ursprünglichen Bestimmung. Es ist so, als käme ich mit meinem Fortbewegungsmittel, meinem Körper, an eine kraftspendende Tankstelle. Einmal volltanken bitte! Im Gedenken an die Geburt des Größten. Mein ansonsten viel zu hastiges Leben kann für ein paar Tage ruhen, Gedanken können sich um Wichtigeres ranken. Das unverzichtbare Arbeitsmittel, der Kopf, hat Zeit, sich zu erholen.

An den Feiertagen denke ich gerne an die Menschen, die mir wichtig sind. Auch maße ich mir an, nicht die zu vergessen, denen unser Weihnachten im Luxus nicht vergönnt ist oder die selbst in der angeblich so besinnlichen Zeit nicht zum Durchatmen kommen. Doch ich habe einen Weg gefunden, besonders auch an mich selbst zu denken. Das ist ein Geschenk. Morgen ist Heiligabend. Stopp!

Schlaflos im Wind

Man möge sich einmal mit aller Konzentration und Hingebung das Datum, welches über diesem Gedanken thront, in die vorderen Gehirnwindungen meißeln. Nun öffnet man mit Vorsicht die dazu kompatible Wortschatzschublade. Was tritt hierbei ans trübe Tageslicht? In den meisten Fällen fallen Stichworte wie Weihnachten, Winter, Geschenke, Schnee, sinnloses Fress- und Saufgelage, oder ähnlich Allfesttagliches.

Mein Tag begann, wie in der Regel alle anderen Tage im Jahr pflegen zu Ende zu gehen: Mit untypischer, einer

„bewegenden" Nacht geschuldeter Müdigkeit. Die Bevölkerung in unseren schmalen Breitengraden mag sich noch so abwertend und unprofessionell über das Wetter hierzulande aufregen. Wie eine Schar wildgewordener Rumpelstilzchen stöhnen sie im Sommer über die tropische Hitze und im Winter über polare Zustände. Mir gefällt`s. Ich bin froh in einem Landstrich zu leben, in dem ich die vier obligatorischen Jahreszeiten hautnah erleben darf. Was mir aber keineswegs zusagt ist eine Nacht, wie die letzte. Immer wieder wachte ich vom peitschenden Wind auf, der allem Anschein nach eine Freude daran hatte, aus allen

Himmelsrichtungen meine bescheidene Behausung zu bestürmen. An einen durchgehenden, erholsamen Schlaf war nicht im Geringsten zu denken.

Wie kraftvoll die Elemente sind, spüren wir immer dann, wenn sie von der uns angenehmen Normalität abweichen. Den Wind stell ich mir wie einen Reisenden auf der Durchfahrt vor, der ständig grüßt und hier und da seine ureigene Visitenkarte abgibt. Dann entfaltet er sein Können, dann zeigt er, wozu er im Stande sein kann. Ich denke bei mir, dass wir ihm anständige und freundschaftlich gesinnte Gastgeber auf seinem Weg sein müssen und versuche ein wenig meiner Müdigkeit zu mindern, in dem ich die Augen schließe. Er aber, er kann viel mehr.

Wenn an Heiligabend der Regen fällt

und der Sturmwind weht

und dir trotzdem weit das Herz aufgeht,

dann weißt du, dass ein Engel wacht

und jemand hat an dich gedacht.

Helmpflicht für Katzen

Still und leise hat sich hierzulande eine neue Kopfmode für ihren zweifelhaften Siegeszug in die Startlöcher gestellt. In welche berufliche Sparte man auch blickt, oder welches gerade noch so favorisierte Hobby man auch unter die Lupe nimmt, der Helm ist schon da. Kein Wunder, dass sich die ortsansässigen Coiffeure wegen der mangelnden Stylinglust ihrer Kundschaft die paar rechtschaffenden Haare raufen. Wohin man sein Auge auch wendet, alle tragen einen vor Sicherheit und Schutz nur so triefenden Eimer auf dem Haupte. Zustimmend könnte man ohne jeden Zweifel noch bei hart arbeitenden, echten Männern auf`m Bau nickend seinen Kopf in Bewegung setzen. Bei in Zeitlupe in die Pedale trampelnden Jungvätern während des sonntäglichen Brötchenholens allerdings hört bei mir das Verständnis auf. Sicher, es kann durchaus vorkommen, dass bei dem Versuch am Wochenende unfallfrei mit dem Rad zum Einkaufen zu fahren der Wind plötzlich auf unerklärliche 120 Stundenkilometer in nie geahnte Höhen schnellt und somit die gemütliche Tour zu einem wahren Höllenritt werden kann. Ebenso warten in den großen Ballungsräumen neuerdings an jeder Ecke zwei bis zehn maskierte und baseballschlägerbehangene Minderjährige, die sich schon abends zuvor auf die Lauer gelegt haben, um des morgens das ein oder andere Frischgebackene zu erkämpfen.

Ich wundere mich tagein und tagaus, dass es für deutsche Verhältnisse unverhältnismäßig lange dauert, bis die Helmpflicht auch bei unseren so geliebten Haustieren eingeführt wird. Wenn ich, und diesen Anblick kann man nicht gerade selten erhaschen, einmal mehr auf einer Straße einen Fleck erkennen kann, der vor nicht allzu langer Zeit eine flinke, umherstreunende Katze gewesen sein muss, dann frage ich mich durchaus, ob ein entsprechender Kopfschutz nicht das Schlimmste hätte vermeiden können? Oder zumindest dem Gegenüber, dem meist

flüchtigen Täter, einen gehörigen Schaden hätte zufügen können?

Gerade Katzen! Nun gebe ich ungeniert zu, dass ich keineswegs der größte noch lebende Fan dieser Gattung bin, aber es sind nun mal mehr oder weniger auch Lebewesen. Und ein Leben ist soviel wert, dass man es auf jede erdenkliche Art und Weise schützen sollte. Die sagenumwobene Mär von den angeblichen „Sieben Leben einer Katze" könnte dann endlich ein für alle Mal in die tiefste Schublade wandern. Mit zünftigem Helm reicht selbst den Katzen ein sicheres Leben völlig aus.

Eine alte Lichtquelle

Gerade jetzt, in der Weihnachtszeit, fällt es mir wieder einmal besonders auf: Eine das Jahr über fast in Vergessenheit geratene Licht- und Wärmequelle schwingt sich in diesen Tagen zu besinnlichen Höhen auf. Die Kerze. In den einschlägigen Verbrauchersupertempeln wird man regelrecht dazu gezwungen, sich wie vor einer Weltuntergangszeremonie mit ihnen einzudecken. An jeder Ecke, in jedem Regal türmen sich duftende, dicke, dünne, lange, kurze, in allen Farben erstrahlende Wachsstämme auf. Darf an Weihnachten kein Strom fließen? Gibt es ein mir unbekanntes Gesetz, das darauf drängt, dass Lichtschalter an Feiertagen im Winter doch bitteschön ungedrückt bleiben sollen? Ich werde Buße tun müssen, denn ich habe jahrelang nichtsahnend auch am Ende des Jahres noch fleißig meine Bücher im grellen Licht der Elektrik gelesen. Bin ich der Einzige, der sich Jahr ein Jahr aus strafbar gemacht hat?

Mittlerweile bin ich bekehrt worden. Das ganze Jahr über stütze ich nicht nur die Kerzenindustrie, sondern darüber hinaus noch die der Streichholzhersteller. In meinem Wohnzimmer stehen immer Kerzen, die mir allabendlich ein wenig spenden und keineswegs nur dekorativ den Platz verstellen. Mit einem zweckdienlichen Zündholz entflammt, bringen Kerzen ein wenig Ursprünglichkeit in die Dunkelheit.

Das elektrische Licht kann noch so schummrig oder auf „Romantik" geschaltet daher flackern. Einem milden Kerzenschein kann es nie das Wasser reichen. Vielleicht spielt dabei auch ein klein wenig die Macht eine tragende Rolle. Ich habe die Macht über ein ansonsten in aller Regel unkontrollierbares Element. Wenn sich Feuer ausbreiten will, dann gibt es in freier Natur kaum ein adäquates Gegenmittel. Mir kommen unvorstellbar verheerende Bilder von Waldbränden in den Sinn, die wir uns wohl oder übel alljährlich in den Nachrichten anschauen müssen.
Unglaublich brutale Kräfte entstehen aus einer anfangs winzigen Flamme. Landstriche

und Ortschaften werden in kurzer Zeit der erdrückenden Hitze zum Opfer fallen. Rettungskräfte und Feuerwehren sind macht- und meist ratlos.

Eine Macht, die ich habe wenn ich in meinem stillen Kämmerlein des Abends meine Kerzen entzünde. Ich kann sie kontrollieren. Die Feuersbrunst beschränkt sich auf den Ort, der eigens dafür vorgesehen ist. Nur das Wachs schmilzt langsam und nur so lange, wie ich es in

diesem Moment, in dieser Stunde möchte. Dann puste ich die Kerzen behutsam aus. Nicht nur an Weihnachten genieße ich diese minimale Macht. Kerzen dürfen mir ein ganzjähriger Spender sein.

Augentinitus!

Manchmal habe ich das zwanghafte Verlangen danach, an Ort und Stelle meinen Gefühlen freien Schall zu lassen und ungehemmt drauflos zu brüllen. Meine mir dankenswerterweise zu Teil gewordene soziale Erziehung holt mich Gott sei Dank aber schnellstens in die Realität zurück und unterdrückt diesen Drang. Dafür bin ich meinem inneren, unüberwindlichen Schweinehund äußerst dankbar, denn die angedeuteten Situationen geschehen im

Gros an belebten, menschenreichen Fleckchen Erde. Als meine bevorzugteste Ausrastquelle hat sich die deutsche Fußgängerzone herauskristallisiert. Wobei der Name „Fußgängerzone" mir schon seit Gedenken ein erheblicher Dorn im wachen Auge ist. Unter „Fußgänger" verstehe ich einen Menschen, der sich in seiner rar gesäten Freizeit ein paar schicke, fußschonende Wandertreter an die Extremitäten schnallt und sich per pedes auf den Weg macht, seine Umwelt besonnen zu erkunden. Im Ernstfall begibt er sich in den Verkehrsdschungel, um tatsächlich von einem Punkt A zu einem entfernteren, sagen wir mal, Punkt B zu gelangen. Was allerdings in den für ihn eingerichteten Zonen im Stadtzentrum von statten geht, hat nichts mit Entspannung, zielorientiertem Laufen oder sinnvollem Zeitvertreib zu tun. Man schiebt, drückt und spurtet sich durch die schmalen Gassen, holt kurz verbrauchte Luft in den schlecht klimatisierten Geschäften und schwimmt wieder hinaus. Immer schön mit dem Strom der Menge.

In diesen Konsumghettos sehe ich sie, die in mir diese Lust am Brüllen wecken: Mütter, die ihre Kinder an die imaginäre Leine spannen und sie vor sich herschieben, damit sie nicht verpassen, wie schön ein Samstagvormittag in der „City" sein kann. In jedes Geschäft zieht die kleine, glückliche Familie, denn es gibt ja soviel zu sehen. Aber wehe, im vierten Spielzeugmekka fasst das Kind dann doch mal einen Teddybären an! Dann bekommt der völlig perplexe Genableger schleunigst die Leviten gelesen. Ebenso verständlich macht das Kind nun seinen verdutzten Gefühlen Platz und möchte weinen. Das geht gar nicht! Peinlich berührt und weitere Leviten aus dem Hut zaubernd, schleichen sie von dannen.

Und Männer! Warum begleiten sie ihre Frauen zum x-ten Einkaufmarathon, wenn sie doch nur den Senioren die Sitzgruppensitzplätze wegnehmen, um sich auf ihnen auszuruhen, Zigaretten zu rauchen, auf ihre Shoppingqueens zu warten und doof aus der Wäsche zu gucken? Gibt es nichts, was diese Männer an einem Samstagmorgen tun können?

Traurig! Wenn ich noch mehr Zeit in den Fußgängerzonen dieses Landes verbringe, dann bekomme ich bestimmt irgendwann Augentinitus: Denn ich sehe überall Pfeifen!

Still steht mein Leben,

still steht das Sein.

Bin ich betroffen?

Darf ich noch hoffen?

Ich mag lieber schrei`n.

Will doch nur fühlen.

Könnte auch flehen.

Lohnt es sich doch?

Rufe ich noch?

Ich kann nicht mehr seh`n.

Ende vom Anfang

„Der Weg ist das Ziel." „Alle Wege führen nach Rom." „Ich bin dann mal weg."

Es gibt noch mehr Sprichworte, die den Weg als Zentrum haben. Sprichworte, die immer auch etwas mit Bewegung, mit Weiterkommen, mit Verlassen zu tun haben. Um an einen Ort zu gelangen, um sein Ziel zu erreichen, muss man seinen derzeitigen Standort zurück lassen. Sei er nun googlemaps- artig oder auch mental. Man muss seinen trägen Hintern oder gegebenenfalls sein noch trägeres Hirn hochbekommen, um zu dem zu gelangen, was man sich als Endpunkt auserkoren hat.

Meine Wege, die im Alltag tatsächlich zurückzulegenden Wege sind mir in der Zwischenzeit und im Laufe ihrer Abnutzung so vertraut geworden, dass ich sie vermutlich (mit ein wenig Übung) mit geschlossenen Augen gehen könnte. Bei den Kurzen funktioniert das tatsächlich. Fallen mir am Abend völlig naturgetreu die Augen zu und mein Körper drängt auf eine dauerhafte Ruhepause, dann lösche ich das Licht, puste die Kerzen aus und stehe nicht nur in meinem Wohnraum, sondern auch im Dunkeln. Nun benötige ich aufgrund der übersichtlichen Behausung auch bei Tageslicht keine Unmengen an Zeit, mich von dort in mein Schlafgemach aufzumachen, aber des Nachtens kann ich mich auf meinen Orientierungssinn verlassen und ich lande nicht etwa völlig übermüdet in der Dusche oder im Herd, sondern eben an der richtigen Stelle, im Bett. Dieser Weg hat sich abgespeichert. Hunderte Male gegangen. Sowas prägt sich ein.

Andere, längentechnisch weitere bekannte Wege, die sich vor allem außerhalb der eigenen vier Wände befinden, erzählen von unterschiedlichsten Begebenheiten und stehen meist für etwas Bestimmtes. Da gibt es bei mir, wie bei wohl dem größten Teil der Bevölkerung, den Weg zur und von der Arbeit. Bei vielen Menschen umfasst dieser schon allein eine beträchtliche Zeit des

Tages. Ohne die Arbeit zwischendurch. Ich hatte, was diesen Umstand betrifft, Glück.

Den Weg zum Bäcker des Vertrauens. Oder den Weg zu dem Punkt, dem magischen Ort, an dem man seine Liebe zum ersten Mal sah oder ihr einen Antrag machte. Und es gibt die schweren Wege. Den Weg zum Friedhof, um von einem lieben Menschen Abschied zu nehmen. Es gibt viele Wege. Manche geht man ohne zu denken.

Viele geht man, weil man es muss. Einige geht man, weil man es unbedingt möchte. Ein Weg ist immer auch ein Anfang.

Familie ist „zuhause"

Mutter, Vater und zwei Kinder. Durchschnittlich gesehen stellt sich so eine mitteleuropäische Familie auf. Dazu gesellen sich im besten Fall noch die ein oder anderen Großeltern, ein Sack voll

Onkeln und Tanten, Cousins und Cousinen. Immer häufiger jedoch bleibt das Bild der harmonischen Gemeinschaft ein altmodisches Schönheitsideal. Aus existenziellen oder hormonellen Gründen entscheiden sich junge, familientaugliche Menschen für andere Modelle. Da gibt es die Frauen, die sich nach einem eigenen Nachwuchs sehnen, sich dafür aber keinen Mann länger als nötig halten wollen. Männer, die am Ende alleine dastehen, weil sie es nicht begreifen können, dass sich die Frau hat scheiden lassen, obwohl er doch nur dreimal fremdgegangen ist. Zumindest hat sie es nur dreimal herausgefunden. Und es gibt seit relativ kurzer, aber immer wieder umstrittener Zeit die Lebensgemeinschaft zweier Menschen, deren Geschlecht sich zum größten Teil ähnelt. Jeder so, wie er mag.

Ich kann mit vollkommener Glückseligkeit und auch einer dazu in Einklang schwingenden Portion Stolz anmerken, dass ich überaus zufrieden mit meiner Familie und den

Lebensumständen bin. In heutiger Zeit eher eine Seltenheit, wuchs ich behütet als jüngstes von sechs Kindern in ländlicher Umgebung auf. Zwar nicht übermäßig lange, als von der Höhe gesehen, aber darauf kommt es ohnehin nicht an. Das, worum mich bitte alle beneiden mögen, denen der Sinn danach steht ist, ist die Tatsache, dass ich immer jung bleiben durfte und ich mich selbst heute noch im Kreise meiner Lieben als „Unerwachsener" sehe. Nicht, dass ich noch bei Tisch mit den Fingern meine Mahlzeiten zu mir nehmen würde oder beim samstäglichen Badevorgang Unterstützung benötigte. Nein. Diesen Kindheitsluxus habe ich, teils unter Protest, abgelegt. Ich fühle mich jung geblieben, weil ich in meiner Familie immer wieder meinen Platz finde, der für mich bestimmt ist. Ein Platz, an dem ich mich zuhause fühle.

Einkaufen!

Bin ich ein Mann? In den überwiegenden Situationen des täglichen Lebens kann ich diese Frage mit Fug und Recht bejaen. Und auch meist dem weiblichen Geschlecht zugeordnete Verhaltensweisen und Merkwürdigkeiten hab ich bei mir noch nicht weiter beobachten können. Gut, mein Schuhschrank ist ansehnlich gefüllt. Jedoch entspricht dies einer für Männer angemessener Menge an orthopädischer Fortbewegungsmittelbehausungen. Zudem meide ich es wo ich nur kann mein Gehirn den Beschallungen für Ohr und Auge auszusetzen, die allen Vorurteilen gerecht werden und eindeutig auf weibliche Zuhörer und – seher abzielen. Und ja, ich lasse im Bett auch gerne mal, ohne mich zu entschuldigen und ohne Rücksicht auf Verluste ein ansehnliches Lüftchen entweichen. Und nochmals ja, ich pflege nach einem besonders gelungenen Exemplar gerne auch mein Gesicht in ein stolzes Lächeln zu tauchen.

Aber bei einer Sache mache ich mir dennoch berechtigte Sorgen um die Stimmigkeit meiner Orientierung. Ich gehe gerne Einkaufen. Der männliche Teil meiner Leserschaft wird mich möglicherweise nun belächeln, wahlweise auch beweinen. Wobei der weibliche Teil mir entweder zu Füßen liegt, oder aber mich ebenfalls belachen/beweinen werden wird. Es mag bei dieser Vorliebe wohl mit meinem Voyeurismus zu tun haben, denn woanders kann man unbemerkt in die Abgründe menschlichen Verhaltens blicken als in den Superduperspitzenklasseoberaffengeilenmärkten unsere Städte?

Halt! Nicht das wir uns falsch verstehen und zu meiner maskulinen Ehrenrettung sei noch erwähnt, dass ich mich keineswegs stundenlang in den Kaufhöfen und C&As dieser Welt aufhalte, nur um mich gepflegt ein wenig aufregen zu können. So nicht! Ich spreche hier vom allwöchentlichen Einkaufen. Vom „besorgen" des Nötigsten. Man least einen Einkaufswagen (dazu wahre ich ein originales Markstück auf und behüte es wie einen Schatz), kramt seinen unleserlich gekritzelten Einkaufzettel aus irgendeiner Tasche und betritt einkaufsbereit den Einkaufsladen. Und siehe da, alles, was das Herz und vor allem der Magen begehrt ist anwesend. Meist sogar an dem Ort, an dem man es beim letzten Besuch schon gefunden hatte. Genial. Nach einem halben Tag an einer dankenswerterweise geöffneten Kasse (die anderen 12 bleiben heut geschlossen) und dem Bezahlvorgang mit immer gleichem Wortwechsel Richtung Kassierdame schaut man in seine Einkaufstüten auf seinen Einkauf und stellt beruhigt fest: Ich kann weiterleben.

Sinnloses Bummsen

Wieder geht ein Jahr besinnlich, leise und bedächtig zu Ende. Man wünscht seinen Angehörigen und seinen, falls zur Hand, Freunden einen schönen Abend und das sie doch gut ins neue Jahr „rutschen" mögen. Angesichts der fast hochsommerlichen Temperaturen kann sich das gerne zitierte „Rutschen" nur auf etwaige Schwierigkeiten nach beträchtlichem, nächtlichem Alkoholgenuss beziehen. Und dann lässt man das alte Jahr einen guten Mann sein, zieht sich in sein heimerliches Allerheiligste zurück und schläft friedlich träumend ein und erwacht erst wieder, wenn der Körper, bereit für ein neues Jahr, vor Lebensfreude strotzend beginnt seine Tätigkeiten wieder aufzunehmen. Alles könnte am Jahreswechsel so schön angenehm und ruhig sein.

Stattdessen macht es „Bumm"! Natürlich wesentlich lauter, als hier geschrieben und außerdem nicht nur einmal. Im Grunde doch nur einmal, nämlich einmal durchgehend den ganzen Sylvestertag lang bis morgens früh am Neujahrstag. Es gab schon Situationen, bei denen ich an Sylvester vor Schreck aus der Schlafposition hochschnellte und kerzengerade im Bett stand, weil ich befürchtete, die Jahreswende verschlafen zu haben. Ein kurzer, prüfender Blick auf ungefähr vier Zeitmessgeräte ließ mein Adrenalin wieder in durchaus normale Werte absinken. Schließlich zeigten alle 9.00 Uhr an. Sollten die verrückten Australier am anderen Ende der Welt so dolle knallen, dass wir das hier im Abendland am frühen Morgen mitbekommen? Wohl eher konnte ich die Verantwortung für meine Verunsicherung auf unsere heimische Jugend zurückführen, die schließlich nicht nur für ein paar Minuten mitten in der Nacht ihr über das Jahr angesparte Taschengeld für Geböller aller Art ausgegeben hatten.

Die Gedanken, die mich zu diesen Worten haben verleiten lassen, waren eigentlich ganz andere, ernstere. Was mag ein Teil der Generation von dem „Dauerbeschuss" halten, der vor gut 60 Jahren in unzähligen Nächten dem Wahnsinn der Bombardements nur mühevoll entkommen konnte? Manchmal stelle ich mir vor, wie sie ungewollt an die schrecklichste Zeit ihres Lebens erinnert werden und wie sie jedes Jahr aufs Neue darum bitten, dass der Silvesterabend so schnell als möglich vorbei sein möge. Die grausamen Bilder in ihren Köpfen, die unumgänglich mit den für uns ach so fröhlichen Geräuschen einhergehen, wollen nicht verschwinden. Wieder einmal liegen des einen Freud und des anderen Leid nicht nur sehr eng beisammen. Nein, sie vermischen sich auf mir ganz unangenehme Art und Weise.

Fuchs du hast die Gans gestohlen!

Soll ich sie mir wiederholen?

Alle Vögel sind schon da!

Die gleiche Prozedur wie jedes Jahr.

Häschen klein, ging allein!

Findet er`s zu zweit nicht fein?

Zeigt her eure Füße!

Das sind mal ausgefall`ne Grüße!

Es tanzt ein Bi Ba Butzemann!

Ist das alles, was er kann?

Die Affen rasen durch den Wald!

Sie werden bestimmt ganz müde bald!

Drei Chinesen mit dem Kontrabass!

Spielen sie darauf auch was?

Das Wandern ist des Müllers Lust!

Nach langen Strecken kommt der Frust.

Hoppe, hoppe Reiter!

Galoppiert er ewig weiter?

Morgen Kinder wird`s was geben!

Damit kann ich sehr gut leben!

Lasst uns froh und munter sein!

Diese Lieder laden herzlich ein!

Die Extra- Portion!

Beim Kauf einer Kiste Wasser erhalten Sie eine Flasche extra!

Dieses oder ähnlich klingende Kaufangebote sollen den geneigten Verbraucher dazu animieren, sich in seinen Gewohnheiten zu ändern und statt des eigentlich Gewählten über die meist schmucklos präsentierte Verlockung nachzudenken. Extras finden wir in letzter Zeit immer und überall. Doch schon in meiner frühesten Kindheit brachte mich die Verkäuferin im Metzgerladen meines Vertrauens mit einer extra Scheibe Kinderwurst in Ekstase. Selbst, wenn mir morgens überhaupt nicht der Sinn nach fettigem Fleisch stand, die Extrawurst wurde nie abgelehnt. Das war ein Ritual und wohl zu jedem Heranwachsen dazugehörend. Später dann, als die Essgewohnheiten ausgereifter und weltmännischer wurden, bestellte ich wie selbstverständlich zu einer gehörigen Portion Pommes die ebenso gehörige Portion extra Mayo. Es war auch völlig egal, ob mehr als die Hälfte dieses Extras nie

meinen Magen von innen sehen würde.
Hauptsache viel, Hauptsache extra.

Heutzutage also finden wir Extras nicht nur in den guten alten Feinschmeckertempeln sondern fast bei jedem Einkauf wird auf „das Besondere" hingewiesen. Besondere Besonderheiten sollen beim Erwerb des richtigen Automobils die Wahl vereinfachen. Aus einer ständig anschwellenden Latte an Extras und gleichen teils Sonderbarem kann man sich sein Gefährt imaginär selber zusammenbasteln und schon nach sechs Monaten steht das Extramobil zuhause im extra dafür angebauten Car- Port. Ein gerade im TV beworbenes Extra lässt eine weibliche Stimme im Fahrzeuginnern an das Auto geschriebene Nachrichten verlesen. Da muss man erst einmal drauf kommen: Seinem Auto eine Nachricht schreiben.

Das Extra- Denken hat sich auch in andere Lebensumstände eingefressen. Und ich muss gestehen, dass auch ich dem Extra- Wahn verfallen bin. Gerade gestern, als es wiederum unaufhörlich wie aus allen

Schleusen des Himmels zu regnen begann und ich einen Besuch abzustatten hatte, nahm ich mir, ACHTUNG!!! , extra einen Regenschirm mit, um nicht wie der berühmte begossene Pudel drein zu schauen. Es mag uns wie verhext erscheinen, um die Extras im Leben kommen wir nicht herum.

Und noch eine Anekdote als Gedankenschluss: Wie am Datum unschwer zu erkennen, feierte man in unseren Gegenden gestern Nacht Silvester. Auch ich befand mich mit Freunden auf einer durchaus netten Feierlichkeit. Gegen späterer Stunde stand ich mit einer hochhackig beschuten Freundin zusammen. Wie aus heiterem Himmel gab sie mir mit einem Satz den Anstoß zu diesem Kapitel: „Ich kann in diesen Schuhen nicht mehr stehen. Gut, dass ich noch ein paar extra Schuhe dabei habe."

Steine mal anders

Es ist nun einmal so: Steine sind hart. Punkt. Aus. Keine Diskussionen. Aber warum sollte man nicht darüber nachdenken, einen Stein aus einem anderen Blickwinkel zu beleuchten? Was wäre, wenn man Steine mit der bloßen Hand und ohne den Einsatz von schwerem Gerät verformen und modellieren könnte? Steine würden ein viel nutzvolleres Leben führen, als sie es bisher gezwungen sind zu fristen. Nutzlos? Steine sind auch in ihrer derzeitigen Beschaffenheit in etlichen Bereichen gerade für uns Menschen von großem Nutzen. Undenkbar müssten wir doch, wie es in vielen Teilen der Erde an der Tagesordnung ist, in schlampig zusammengenagelten Holzhütten unseren Lebensabend verbringen. Oder gar in den elendigen Blechunterkünften auswärtiger Großstadtvororte. Aber auch gänzlich unbehandelt haben wir uns die Steine längst zu einer beliebten Freizeitbeschäftigung umfunktioniert. Viele stressgeplagte Bürohengste unserer Zivilisation zieht es an den Wochenenden oder im Urlaub in steinige Höhen, um in bergischem Umfeld den Naturburschen zu geben und sich mal ordentlich die Beine zu vertreten. Nicht selten vertritt sich das ein oder andere Bein im wahrsten Sinne des Wortes und man bekommt am eigenen, geschundenen Körper zu spüren, dass Stein selbst bruchsicherer ist als Knochen.

Dennoch könnte so ein weicher Stein auch was für sich und uns haben. Im Sommer zum Beispiel könnte ein kuschelig, steiniges Bett die Lust auf einen kühl- angenehmen Schlaf befriedigen. Denn egal wie sehr man auch versucht, bei hohen, nächtlichen Temperaturen eine wenig schweißtreibende Schlafposition einzunehmen, es misslingt meistens. Auch in der Dekorationsbranche könnten formbare Steine einen wahren Boom auslösen und unsere Wohnungen gestalterisch völlig auf den Kopf stellen. Blumen würden nicht mehr in öden Vasen traurig zu uns herübersehen, sondern in Steine gesteckt und hübsch angerichtet einen einzigartigen Zweiklang der Natur erzeugen. Im Bad würden dufttechnisch aufgepeppte Steine sicherlich den handelsüblichen Seifen Konkurrenz bieten können. Durch die zwar weiche aber physikalisch doch wenig abreibende Zusammensetzung des Materials, würde eine Steinseife sicherlich wesentlich länger benutzbar sein als Seifenseife.

Vielleicht wird sich irgendein findiger Wissenschaftler eines Tages dieser Idee und der Steine annehmen, um nach Jahren der Forschung mit sensationellen Ergebnissen die Welt zu beeindrucken. Meinen Segen hat er.

Anthropoidea!

Anthropoidea gehören zur Gruppe der Mammalia, genauer gesagt zu den Eutheria. Ihr bevorzugter Lebensraum erstreckt sich über die tropischen und subtropischen Gebiete Amerikas, Afrikas und Asiens. Die

Mehrzahl der uns bekannten Arten sind Pflanzenfresser.

Mehr muss man als Laie über unsere wilden Verwandten im Prinzip nicht wissen. Alle weiteren sozialen wie auch asozialen Wesenszüge können wir tagtäglich unserem Spiegel und unserem Umgang mit Gleichartigen entnehmen. In früheren, jugendlichen Tagen, als ich hin und wieder die tierunwürdigen Ghettos eines Zoos in Augenschein nehmen durfte, stellte ich mir ab und an vor, wie es wohl wäre, wenn sich die Affen zu uns herab lassen würden und uns, statt wir ihnen, beim Fressen, bei der Körperpflege oder beim Sex zusehen würden. Würden sie auch lauthals in Gelächter ausbrechen, wenn sich Onkel Hermann vor aller Augen die Fußnägel bis aufs Fleisch abflext und Tante Manfred sich vor dem Spiegel die letzten grauen Haare notdürftig über den Scheitel gelt? Hätten sie nicht auch wahrhaft tierischen Spaß daran und zeigten mit Fingern auf uns, wenn Jennifer und Ronny sich in aller Öffentlichkeit der ungehemmten, aber wenig erotischen Liebe hingeben und sich

Oma Elsbeth nur widerwärtig die siebenundzwanzigste Banane zwischen ihre vierten Zähne matschen würde?

All diese Fragen kann ich ruhigen Gewissens mit einem dreifach donnernden „Ja!" beantworten. Und manchmal denke ich so bei mir, warum der oft zitierte Spieß nicht wirklich einmal herumgedreht wird. Vielleicht hat sich ein Dr. Doolittle unserer Zeit bereits dank seiner Verständigungsvielfalt mit den Affen in Verbindung gesetzt und vorsichtig angefragt, ob sie nicht bereit wären, für einen Tag die Rollen der Gaffer und Inhaftierten zu tauschen. Als Dank für die unzähligen unterhaltsamen Stunden, die sie den Menschen geboten hätten. Und vielleicht hätten sich daraufhin die Affen in ihren Unterschlupf verzogen, eine Stammesversammlung einberufen und demokratisch abstimmen lassen. Nach natürlich nur einem Wahlgang wäre der Affenkanzler vor die versammelte bunte Presse getreten und hätte mit stolzgeschwellter, unrasierter Brust das Ergebnis verlesen. Doc D., der es ja als

Einziger verstanden hätte, wäre schon allein beim Begutachten der Affenworte leicht rötlich angelaufen. Als er das Resultat dann der schreibenden und schwitzend wartenden Meute mitteilte, hätte sein Antlitz nicht dunkelroter vor Scham werden können. Ich zitiere wörtlich:

Wir, die Anthripoidea, danken ihnen sehr für das verlockende Angebot. Dennoch haben wir einstimmig beschlossen, es abzulehnen und bitten sie, bis auf weiteres auf derartige Anfragen in unsere Richtung zu verzichten. Es liegt im Gegensatz zu ihnen nicht in unserer Natur, uns am Leben niederer Kreaturen sinnlos zu bereichern. Wir schweigen, denken uns unseren Teil und machen uns exklusiv für sie weiterhin zum Affen.

Was wär das Jahr doch lang und schwer,

wenn es nicht an Zeit gebunden wär.

Es kann sich dehnen, strecken, ziehn

und darf schon bald für immer fliehn.

Wie ist das Jahr doch hell und klar,

viel lebenswerter als das letzte war.

Es könnt bleiben, stehen, sein.

Nur die Zeit, die ist gemein.

Vielseitige Küche

Wenn man in einer eher übersichtlichen Wohnung haust wie ich es derzeit tue und man dennoch einen gewissen Standard an Lebensqualität und Annehmlichkeiten genießen möchte, dann werden Dinge und ganze Räume auch gerne mal zweckentfremdet. Nehmen wir als Beispiel ein Zimmer, das in seinem Ursprung als Ort des Kochens, Spülens, Essens und Aufbewahrens auf die Welt gekommen ist. Neben diesen genannten Eigenschaften nutze ich den zur Verfügung stehenden Platz außerdem noch auf recht unterschiedliche Weise. Zum einen als Spielfeld hochkarätiger Darts- Matches. Über meinem Küchentisch thront an der Wand hängend eine elektrische Ausführung einer zur Ausübung dieses Kneipensports notwendige Scheibe. In wettkampfkonformen Abstand klebt auf dem Boden die Abwurfmarkierung. Mit entsprechender Beschallung kann so der Eindruck entstehen, ich sei Phil „The Power" Taylor und messe mich gerade mit den Besten. Eine professionelle, manuelle Darts

Scheibe kommt aus Gründen der zu bewerfenden Wand und deren poröser Konsistenz nicht in Frage.

Zum anderen dient meine Küche auch als Abstellkammer so mancher kleineren und größeren Dinge, die unerlässlich zur Führung eines Haushaltes sind, aber die immer im Weg herum stehen. Der Staubsauger zum Beispiel. Eigentlich eine nette Erfindung und sehr gut geeignet zum Staub saugen. Doch als Gesamterscheinungsbild eher sperrig und schlecht verstaubar. Also wartet er in meiner Küche, gleich unter dem Fenster und neben der Wand mit der Darts Scheibe auf seinen nächsten, hygienischen Einsatz. Auch die Getränkekisten, die ich im Schweiße meines Angesichts bis unters Dach gewuchtet habe, stehen in der Küche. Um nicht für jeden Schluck Erfrischung in den Keller zu müssen, bleibt mir keine andere Wahl, als sie dort zu stapeln und einen nicht unerheblichen Teil des Bodens zuzustellen.

Ich bin stolz auf meine Küche. Nicht jeder würde ungefragt und ohne mit der Wimper zu zucken mehr Aufgaben erfüllen, als die, wozu er eigentlich vertraglich verpflichtet ist. Respekt und ein von Herzen kommendes Dankschön.

Winter?

Die Sonne scheint, Vögel zwitschern, Bäche und Flüsse plätschern. Es ist Winter. Hier bei uns im Westen lässt er sich in dieser Saison sehr viel Zeit. Er hat wohl allem Anschein nach einfach keine Zeit für uns. Regionen, in denen üblicherweise weniger an Schneemänner, Schneeballschlachten oder Eislaufen gedacht wird, haben schon erhebliche Kälteeinbrüche erlebt. In Israel und der Türkei beispielsweise fiel derart viel Weiß vom Himmel, dass es gut und gerne für olympische Winterspiele gereicht hätte. Gerade in diesen Tagen wütet Gevatter

Frost in den nordamerikanischen Staaten der Ostküste. Diese sind sehr wohl an strenge Winter gewöhnt, dennoch erleben sie derzeit eine kalte Hölle. Dutzende Menschen, gerade solche, die nicht einmal ein Dach über dem Kopf ihr Eigen nennen können, haben nicht die Kraft den Minusgraden zu trotzen.

Hier jedoch ist von weißer Pracht weit und breit nichts zu sehen. Die üblichen TV-Marathon- Wintersport- Übertragungen an den Wochenenden erinnern dabei mehr an Skirennen auf extra verlegten, teilweise weißen Teppichen. Die Umgebung ringsum erstrahlt in saftigem Grün.

Gestern habe ich für einen Termin meine Frühlingsschuhe aus dem übersichtlich gefüllten Schuhschrank gekramt. Warum nicht, wenn das Einzige, was ab und an von oben auf die Erde herabstürzt, Regen ist. Doch was könnte neben der fehlenden Zeit der ausschlaggebende Punkt für die zögerliche Präsenz des Winters sein? Ich möchte nicht die skandalgebeutelte Deutsche Bahn für die Verspätung verantwortlich machen, denn mit den öffentlichen Verkehrsmitteln wird sich der Winter kaum in Bewegung setzen. Obwohl er zweifelsfrei durchaus als öffentlich anzusehen ist. Ob es an der vielbeschimpften Klimaerwärmung liegen mag, darüber kann ich mir kein Urteil erlauben. Ich würde diesem Argument allerdings sehr kritisch gegenüber stehen, da sich der Winter in den vergangenen auch bei uns sehr wohl energisch seinen Platz geschaffen hat. Und bis wir uns auf unsere heutigen Rheindeiche stellen und den über der Nordsee flatternden Möwen ein Grüß Gott zurufen können, werden wir natürlich noch einige natürliche Winter erleben.

So lala

Das neue Jahr ist laut meiner Rechnung schon wieder 6 Tage alt. Höchste Zeit, einen Strich zu machen und sich zu besinnen. Das, was gut war in diesem Jahr auf die eine, die eher miesen Dinge und Situationen auf die andere Seite. Dann schaut man sich die beiden Seiten an und wägt ab. Falls die Soll-Seite an Punkten nur so protzt, sollte man die Gelegenheit nutzen und den Stecker ziehen. Schließlich ist es wesentlich unfallfreier, das Jahr noch einmal zu beginnen, als sich schon nach den ersten paar Tagen einen lastentragenden Strick zu drehen. Schlägt allerdings die Haben- Seite überdimensional nach oben aus, dann lehne man sich zurück, stecke sich eine Schachtel Zigaretten an und puste ein jauchendes „Yes, I can!" in den Nachthimmel.

Zweithöchste Zeit, mir einige Fragen zu stellen: Was ziehe ich auf meinem Geburtstag im Sommer an? Sollte ich beim nächsten Bummel durch die Einkaufsstraße mal meine Äugelein nach passenden Weihnachtsgeschenken offen halten? Haben Eintagsfliegen in Schaltjahren eine längere Lebenserwartung? Gut, dass ich zur Beantwortung noch einige Tage zur Verfügung habe.

Nachdem ich nun soeben den oben erwähnten Strich gezogen und mich im Innern an die letzten Tage zurückgezogen habe, komme ich beim Betrachten der Soll- und Habenseite zu dem ernüchternden Ergebnis: So lala. Aber da es auf dieser Welt so ungeheuer viel Schlechtes und Unrechtes gibt, die Natur in unzähligen Gegenden der Welt verrückt spielt und ich hier jeden Tag etwas mehr oder minder Gesundes zu Essen auf den Tisch bekomme, fällt meine Reflexion für 2014 trotz allem durchaus positiv aus. Es war ein recht zufriedenstellendes Jahr also. Bleibt abzuwarten, ob die übrigen 359 Tage diesem Trend folgen. Ich hätte nicht viel dagegen. Prosit Neujahr!

Besuch am Meer!

Einen Gedanken, den ich oft habe. Gerade heute wieder mehrfach und deshalb nur umso selbstverständlicher, dass auch er über kurz oder lang in diesen Erzählungen vorkommen würde. Nun ist es soweit.

Seit ich denken kann, und das ist entgegen mancher Behauptung doch schon eine ganze Weile, verbringe ich die jährliche Erholungszeit am Meer. Ab und an setzte ich dabei meine beiden Füße in den glutheißen Sand südlicher Gefilde. Meistens jedoch und mit stetig steigender Begeisterung zog und ziehe ich den im Vergleich dazu eher kühl- angenehmen Strand der Nordsee vor. Mir genügt das erste leise flüstern der in der Ferne wogenden Wellen um zu wissen, dass ich mich hier unsagbar wohl fühle und die erhoffte mentale Rehabilitation erlangen werde. Stehe ich nach kurzem Marsch schließ- und endlich in Sehweite zur See, dann läuft mir regelmäßig ein entzückender Schauer über den Rücken. Minutenlang kann ich dann, ohne an Irgendetwas oder

Irgendjemanden einen Gedanken zu verschwenden, wie angewurzelt verweilen und auf die scheinbar unendliche Weite des vor mir liegenden Meeres blicken. Manchmal aber schließe ich auch die Augen und lausche. Ich lausche dem Meer und dem, was es mir zu berichten hat. An windigen Tagen, die weiß Gott keine Seltenheit sind, male ich mir aus, dass es keine guten Neuigkeiten sein müssen, die an meine Ohren gelangen. Zeigt sich das Meer von seiner ruhigen Seite, so erzählt es mir von seinen Reisen, seinen Abenteuern und Entdeckungen.

Hat dieses erste Wiedersehen all meine Wünsche und Erwartungen zur Zufriedenheit erfüllt, wage ich mich näher heran. Machen mir die klimatischen Voraussetzungen in diesen Minuten keinen Strich durch die Rechnung, möchte ich dem Meer noch näher sein. Ich möchte es fühlen, ziehe die Schuhe und gegebenenfalls die Socken aus und wate hinein. Wie eine auf Samtpfoten durch die Beine schleichende Katze umspült mich das Wasser. Nach der ersten, meist doch recht kühl daherkommenden Berührung, beginne ich zu genießen. Ich atme tief durch, öffne Mund und Nase und genieße weiter. Die salzige Luft dringt in meinen Körper. Einen Besuch am Meer möchte ich immer und immer wieder mit allen Sinnen erleben.

Männer sind krank

Es kratzt im Hals. Der Kopf fühlt sich an, als drohe er zu platzen. Die Nase müsste mittlerweile einmal rund um den Globus gewesen sein, so läuft sie.

Man(n) neigt dazu, sich in Wehleidigkeit zu ertränken, sobald sich auch nur ein mikroskopisch kleines Unbehagen einsetzt. Frau dagegen amüsiert sich unterdessen innerlich wie eine Königin darüber und bringt gerne mal den Vergleich herbei, was sie denn auszuhalten haben, wenn sie die in sich gewachsene Brut schlussendlich ans Tageslicht fördern... Haaaaatschi! Schon wieder! Eigentlich fühle ich mich heute zu schwach, um zu schreiben. Wesentlich lieber hätte ich blumige und herzzerreißende Mitleidsbekundungen. Wer weiß, wie lange ich noch zu leben habe und in einer solch prekären Situation können mich nur Sentimentalitäten von allen Seiten einigermaßen über Wasser halten. Ich möchte jetzt auf der Stelle, dass sich circa zehn leichtbekleidete, im Alter nicht allzu weit fortgeschrittene Frauen an meine Krankencouch setzen, mir nicht nur jeden Wunsch von den müden Lippen ablesen, sondern diese auch umgehend zu erfüllen. Zum Beispiel dürfte mir eine der weiblichen Hilfskräfte ständig die Teetasse füllen. Ich bin ein leidenschaftlicher Teetrinker und im Stadium des Dahinsiechens ist dauerhafte Flüssigkeitszufuhr unabdingbar. Zwei weitere Krankennotversorgerinnen hätten die wundervoll ausfüllende Aufgabe, mir meine Händchen zu halten. So merke ich nach jeder kurzen Schlafphase, dass ich gehalten werde und sich gekümmert wird. Dann bliebe noch der Kopf. Die stetig steigenden Temperaturen, die ausschließlich auf meinen vagen

Gesundheitszustand zurückzuführen sind, sollten doch bitte im Minutentakt mit einem nicht zu kaltem Eisbeutel an der Stirn betupft werden. Die übrigen Heilbringerinnen dürften mir im Wechsel aus der aktuellen Tageszeitung vorlesen, mich durch das Fernsehprogramm zappen und alte Gesundungstänze der Maori vorführen. Falls dies alles eintreten sollte, dann bin ich mir sicher, würde ich auch eine Geburt überstehen. Eine zumindest habe ich bereits gemeistert.

Vermutlich aber leide ich weiter alleine auf meiner Couch vor mich hin und denke trotz medikamentöser Umnachtung tatsächlich noch einen klaren Gedanken: Es ist von der Natur sehr klug entschieden worden, den Frauen die größeren Schmerzen zuteil werden zu lassen. Sie

sind stark und in ihren Wörterbüchern klafft beim Wort „Wehleidigkeit" eine entsprechend große Lücke.

Hatschiiii. Ich leg mich hin.

Bist Du verrückt?

Du strahlst, Du scheinst

wenn Du lachst

Selbst wenn Du weinst.

Du redest nicht,

Du zauberst Poesie.

Du lässt Taten folgen

ohne graue Theorie.

Du bewegst Dich nicht,

Dein Körper gleitet.

Du bist so schön,

dass jedes Auge sich weitet.

Du machst Mut ohne zu wissen.

Diese Kraft möcht ich nicht missen.

Mein Kopf, mein Geist,

mein Fuß, mein Bauch, mein Arm,

mein Zeh, mein Haar, meine Haut

und selbst--- mein Darm.

Alles springt und bebt beglückt!

Bin vielleicht eher ich verrückt?

Kindernamen sind kein Spielzeug

Da ich keine Kenntnis darüber habe, ob sich irgendwo da draußen ein Erbträger meiner Gene tummelt und ich auch aus diesem Grund noch nicht in Verlegenheit kam, mir ernsthafte Gedanken über dieses Thema zu machen, mache ich sie mir heute hypothetisch. Die Frage nach einem geeigneten Namen für seinen Nachkömmling stelle ich mir als wahrlich lastenschwere Aufgabe vor. Es genügt nicht, sich mit seinem meist nur temporären Partner auf einen Namen zu einigen, den das Kind als Kind zu Gesicht steht, sondern man sollte auch in diesem Falle an die heransprintende Zukunft denken.

(Um an dieser Stelle keinem potentiellen Namensgeber aus Verärgerung über meine Erwähnung die Lust am weiterlesen zu nehmen, nenne ich keine aktuell gängigen Namen.)

Sicherlich kennt jeder das ein oder andere Kind, bei dem man sich wünscht, ihm hätten seine Eltern ein wenig weniger

Steine in den Weg gelegt. Besonders beliebt sind Doppelnamen. Manche mögen durchaus einen Sinn, und falls nicht, zumindest einen wohlschallenden Klang haben, die Mehrzahl jedoch erzeugt bei mir nur eine rasante Aufstellung der Nackenhaare. Gesellt sich zu diesem Übel auch noch von Geburt an oder auch durch spätere Vermählung ein doppelter Nachname, so ist das Unheil komplett. Dann bekommen Namen flugs mehr Bindestriche als Buchstaben.

Schlimm finde ich in diesem Lande auch, aber dies ist, wie bei all den hier zu lesenden Ausführungen nur meine bescheidene Meinung, Namen aus dem angelsächsischen Raum. Klingen diese Nennungen erhabener? Geloben sie im Verlaufe des Lebens einen sicheren Arbeitsplatz? Versprechen sie Gesundheit, ewiges Glück und zu allem Überfluss auch noch die schönste Frau/den schönsten Mann für`s Leben? Die deutsche Sprache hat uns reich gesegnet mit überaus akzeptablen Vornamen. In aller Regel haben sie sogar eine tiefe Bedeutung, sei es religiös oder auch geschichtlich. Ich frage mich ernsthaft, warum so wunderbare Kreationen wie Franz, Dieter, Doris, Günther, Elfriede, Heinz, Egon oder Adelheit für derzeitig werdende Eltern keine Alternativen sind?

Zugegeben, ich befinde mich auch heute nicht in der Situation einen Namen für mein zukünftiges Kind auswählen zu müssen und kann daher leichter reden. Ich kann mir und Ihnen allerdings mit diesem letzten Satz versprechen, dass ich mich niemals für einen Namen entscheiden werde, den ich gerade vorhin leibhaftig gelesen habe (einen MUSS ich nennen): Chelsey- Jutta.

Wochenende!

Bitte, ich möchte keinesfalls missverstanden werden. Ich mag nur das Wort „Wochenende" nicht. Gegen ein Wochenende an sich ist nicht viel auszusetzen. Aber warum lege ich mich auch hier wieder zum wiederholten Male mit den Namensgebern deutscher Gepflogenheiten an? Die Sachlage ist relativ simpel erklärt: Wenn man das Wort „Wochenende" genauer unter die sprichwörtliche Lupe nimmt, dann muss sich jeder rational denkende Mensch eigentlich meiner Meinung anschließen und guten Gewissens behaupten, dass es diesen Begriff gar nicht gibt. Rein mathematisch betrachtet könnte man sogar sagen, dass die Woche sich eher wie ein Kreis darstellen könnte. Und nun weiß ja jedes Kind, das wenigstens ab und an die schulischen Bänke gedrückt hat, dass ein Kreis weder einen Anfang, noch ein definierbares Ende hat. Ebenso verhält es sich mit der Woche.

Bei Berufstätigen, Schülern und Arbeitssuchenden hat sich der Montag den ekelerregenden Ruf eingeheimst, als Beginn einer neuen Woche voran zu gehen. Menschen, die in einem festen Arbeitsverhältnis stehen, zieht es dann wieder zum Broterwerb an die Fließbänder, Schreibtische und Computer dieser Republik. Kinder und Jugendliche, die noch nicht vor der heimischen Spielkonsole mit dem Sitzgestell verwachsen sind, begeben sich zum fröhlichen Massenmobbing und Drogenhandel in die Lehranstalten. Arbeitssuchende erkennen einen Wochenanfang daran, dass sie ihren mehr oder weniger trägen Körper bewegen müssen, um eventuell Neuigkeiten in Sachen Traumberuf zu erhaschen. Kindergartenkinder und Studenten haben es dagegen leichter. Sie machen zwischen Wochentag und Wochenende kaum einen wissenswerten Unterschied.

Die Woche hat keinen Anfang und kein Ende, denn selbst nach jedem noch so unerfreulichen Tag folgt bis auf weiteres ein Neuer. Ich habe zwar keine Idee für einen passenderen Begriff für das „Wochenende", aber einen Tipp würde ich dennoch anbieten: Wir laben uns an dem guten alten Brauch, dass es während der Woche ein bis zwei Tage gibt, an denen der Ernst des Lebens eine verdiente Pause einlegt.

Lachen als Begleiter

Lachen ist nicht in allen Lebenslagen und bei jedweder Krankheit die beste Medizin, aber ich kann durchaus zustimmen, dass es das Leben vielfach leichter und wertvoller macht. In meinem Umfeld gibt es, zu meinem ausgesprochenen Glück, viele Menschen, die sich auf guten Humor verstehen und mich zum Lachen bringen können. Zwar wird dadurch nicht meine aufkeimende Grippe unbedingt vor ihrem Ausbruch bewahrt oder mein komplizierter Armbruch mir nichts dir nichts geheilt, aber sie bringen Freude in unangenehme Situationen.

Jetzt bringt es das Leben so mit sich, dass ich, dem Himmel sei Dank, nicht mein ganzes Leben über an dauerhaften Krankheiten zu leiden habe. Ich kann sogar guten Gewissens behaupten, dass es mir zu einem überwiegenden Prozentsatz meines bisherigen Daseins sehr gut ging. Das hindert mich nicht daran, meine Mundwinkel weniger zu heben. Auch in guten Zeiten darf gelacht werden und es gibt die unterschiedlichsten Anlässe und Personen, die mich dazu ausgiebig verleiten. Zum Beispiel amüsiere ich mich königlich, wenn die Königsblauen an einem Bundesligaspieltag wiederholt vergessen, wie man den einen vor den anderen Fuß setzt und mehr schlecht als recht hinter der Lederkugel herlaufen.

Das Niederschreiben meiner Gedanken betreibe ich zumeist spät am Abend, da ich tagsüber einem überaus ehrlichen und erfüllenden Beruf nachgehe. Ich beschreibe es immer als großes Glück, mich in der Woche mit Kindern zu unterhalten und sie, so gut es geht, auf das weitere Leben vorzubereiten. Hätte ich die Tränen, die ich in meinem Beruf bis dato vor Lachen vergossen habe, in einem Auffangbehälter gesammelt, so würde ich mit dem Wasser wohl ein wärmendes Bad nehmen können.

Nicht nur das Schreiben, sondern auch das Gegenteil gehört zu meinen favorisierten Freizeitbeschäftigungen. Und das Lesen bestimmter Autoren führt bei mir regelmäßig zu stillem aber nicht minderwertigem Lachen. Gönnen Sie sich ein Buch der überwältigenden Reiseberichte Bill Brysons` und Sie haben ein Verständnis von dem, was ich hier zu verdeutlichen versuche.

Das Lachen ist ein ständiger Begleiter, den ich mit Freuden an die Hand nehme und nur ungern loslasse.

Werbung!

Auf den Kanälen des Privatfernsehens folgt im Laufe einer Sendung nach durchschnittlich 20 Minuten der erste Werbeblock, ebenso an Werktagen im Öffentlich- Rechtlichen. Dieser beschränkt sich hauptsächlich auf die Zeiten zwischen zwei Formaten, was ja immerhin das Nerv tötende Unterbrechen und das damit verbundene Frust- Zapping erst einmal verhindert. Die Volkssender leben allerdings auch nicht hinter dem Moralapostelmond und gönnen sich in ihrem großen möchte-gern Samstagabendfamilienzusammenführungsmatsch das ein oder andere Milliönchen an Werbegeld, in dem sie ganz unauffällig und nur am Rande die goldgelben Gummitierchen herumliegen haben, die ja bekanntlich Erwachsene ebenso froh machen, wie die Kinder. Oder sie lassen die B- Prominenz in noblen Karossen vorfahren, so dass der geneigte Zuschauer meinen könnte, er würde einer erweiterten Fassung des Kinofilmes „Krieg der Sterne" beiwohnen.

Wenn alle unterhaltende Welt also fleißig die Werbegelder in die dehnbaren Taschen steckt, warum folge ich diesem fragwürdigen Fakt nicht? Ich weigere mich allerdings, die Marken beim Namen zu nennen, denn erstens gehört sich das nicht in einem intellektuellen Buch und zweitens biete ich dem Leser somit eine Art Rätsel an, bei dem er sein Wissen aus vielen Stunden Werbefernsehen testen kann. Los geht's.

1. Papiertaschentücher, die allein durch ihren Namen zügige Besserung der Tropfnasen versprechen.
2. Frittierte Kartoffelscheiben, die lustig- wohltuend heißen und deren Geschmacksrichtung Richtung Osteuropa tendiert.
3. Flüssigkleber, dessen Teekässelchen ein in Wäldern beheimateter Nachtvogel ist.
4. Lippencreme in Stiftform, dessen freie, humorvolle Übersetzung aus dem französischen ins deutsche

      ungefähr so viel meinen könnte wie „die Hündin".
5. Überzuckerter, schokoladenhaltiger Brotaufstrich, der vor allem deutschen Fußball- Nationalspielern Beine macht und in Kindergärten gerne auch „braune Leberwurst" genannt wird.

Alles erraten? Glückwunsch. Schreiben Sie die Markennamen auf eine Postkarte und schicken Sie diese an wen Sie wollen. Zu gewinnen gibt es eine extra Portion von dem, wofür leider niemand im Fernsehen Werbung macht: Nichts!

Irgendwo muss die Post ja hin

Irgendwo muss die Post ja hin, wenn sie den erwartungsvollen Adressaten erreicht. Es grenzt in unserer modernen und digitalisierten Welt ja schon fast an ein

Wunder, wenn sich eine Person X die Mühen macht und einer anderen Person Y einen handschriftlichen Brief oder eine Postkarte zukommen lässt. Mittlerweile kommt ein Großteil der üblichen Papierkorbpost ebenfalls schon per Mausklick und nimmt einem so die wahnwitzige Lust, die Rechnungen und Werbebroschüren vehement zu zerknüllen und ungelesen in den Abfall zu sortieren. Werden herkömmliche Briefkästen irgendwann in naher Zukunft gar überflüssig? Ich hoffe inständig, dass dem nicht so ist. Mir würden in unserem Stadtbild viele Hingucker verwehrt bleiben, denn augenscheinlich geben vor allem die Bewohner eigener vier Wände viel Geld und noch mehr Fantasie dafür aus, dem Postboten einen einfallsreichen Zielhafen für seine Fracht zu bieten. Tiere in Briefkasten- Optik sind dabei keine Seltenheit. An welcher Stelle sich bei den Blechgesellen der Schlitz befindet, bleibt ihnen als Leser überlassen. Es sind der Vorstellungsmagie keinerlei Grenzen gesetzt. Briefkästen, an denen der

Überbringer einen lustigen Pfeil vorfindet setzen einen erhöhten Grad an Spiellust voraus. Je nachdem, ob es sich bei der Post um Rechnungen, Briefe der Geliebten oder Discounterreklame handelt, soll der Bote doch bitte den Pfeil entsprechend verstellen. So kann der Hausbesitzer schon vom lauschigen Küchenstuhl aus begutachten, ob sich der quälend lange Gang zum Kasten überhaupt lohnt. Putzig sind auch Varianten, bei denen ausgediente Haushaltsgeräte von jetzt auf gleich einer neuen Bestimmung zugeteilt wurden. Hat doch eine ehrbare und stets zufriedenstellend arbeitende Waschmaschine in der Wohnung nichts mehr verloren, weil die Hausherrin lieber das neue, schnellere Modell zu ihrer Sklavin machen musste, so verfrachtet man die Alte kurzerhand in den Vorgarten, tackert ein liebloses „Post"- Schild daran und klopft sich für soviel innovativem Erfindergeist selber auf die Schultern.

Würden unsere Briefkästen bald in Rente gehen müssen, ich würde sie vermissen. Nicht alle, aber es gibt sie hier und da, diese wundervollen Blickfänge. Und außerdem, wen würden unsere unterbeschäftigten Haushunde in der Luft zerfetzen, wenn nicht die armen Briefträger?

Haupthaare werden überschätzt

Der Mensch. Welch` ein wunderbares Wesen. Die Krone der Schöpfung.

Wenn es da nicht die elendig unverpackte Partie oberhalb des Hauptes gäbe. Wie nur mäßig erfolgreich bekämpftes Unkraut sprießen die Haare aus der Kopfhaut. Ständig wachsend, entstellen sie in den meisten Fällen die darunter schlummernde Kommandozentrale. Was tun? Manche schleppen sich, um des gepflegten Looks Willen, von einem Friseurbesuch zum nächsten, ohne auch nur im Entferntesten zu bedenken, dass das Aussehen dadurch mitnichten lobenswerter werden wird.

Ungeachtet dessen geben sie Unsummen an Haushaltsgeld für eine „Mission Impossible" aus und wundern sich, dass der Haartrimmer ihres Vertrauens zum dritten Mal in einem Jahr mit seinem kompletten Kollegium für vierzehn Tage auf die Malediven segelt.

Andere wiederum versuchen sich im heimischen Wellness- Bereich selber daran, Form und Fülle in ihre zerzausten Pudelköpfe zu bekommen. Das Unterfangen scheitert meist nicht nur an der selbstredend fehlenden Kompetenz des Do- it- myself- Schnibblers, sondern auch am breit gefächerten schlechten Geschmack. Einerlei ob schnittige Kurzhaarplatte oder aber lässig über die Schulter geschmissene Löwenbabymähne, es mag nicht so recht gelingen. Schließlich ist man die Selbstverstümmelung spätestens nach dem dritten Eigenversuch leid und pilgert wieder zu einem Profisadisten und schon findet man sich in der oben beschriebenen Gruppe wieder.

Ich plädiere für „Glatzen für Alle". Unter dem Haar sind alle Menschen mehr oder weniger gleich. Niemand neidet einem anderen seine trendige Frisur, niemand holt sich ungebetene kleine Krabbeltiere in die Wohnstube und niemand tobt vor Wut, wenn die eingeschmierte Tönung schon zum wiederholten Male nicht der Farbe entspricht, die auf der Packung angepriesen wird. Ein schicker Nebeneffekt des Ganzen wäre eine vermutlich deutlich lebendigere Kopfbedeckungsindustrie, denn mit Irgendetwas muss man sich ja sein Gehirn warm halten. Wer weiß, wofür es noch gebraucht wird?

Das Alphabet

Gut, dass es in dieser immer hastiger und unruhiger werdenden Welt noch Dinge gibt, die seit gefühlten Ewigkeiten erprobt sind und den wachsenden Anforderungen dennoch unbeirrt entgegen sehen. Unser oft gebrauchtes Alphabet zum Beispiel. Schon unsere Vorfahren, deren Ahnen und auch die, die Generationen davor der deutschen Sprache teilweise mächtig waren, benutzten die noch heute gebräuchlichen Buchstaben. Und, so sehr ich auch recherchiert habe, hat sich an der Abfolge wohl nichts Wesentliches getan. Es ist mir also eine Ehre, den heutigen Gedanken den Zeichen zu widmen, ohne die ich weder etwas Lesbares auf Papier bringen könnte, noch Sie in der gewählten Zusammensetzung einen möglichen Sinn entdecken.

Dass das „A" den Beginn des Alphabetes bildet, war von den Erfindern eine ausgesprochen gute Wahl, denn schließlich beginnen mit „A" so eröffnende Worte wie „Aufbruch", „Anfang", oder auch „Abflug".

Die zwei folgenden Buchstaben hätten an anderer Stelle wenig verloren. Alleine der Klang macht die Musik. Oder hört sich in Ihren Ohren beispielsweise „ATY" wohltuender an als unsere liebgewonnene Abkürzung „ABC"? Danach geht es erst einmal gemächlich weiter. „D", „E", „F", „G" und „H" könnten vermutlich auch in anderer Reihenfolge niemandem wehtun. Anders sieht es da schon im weiteren Verlauf aus: „I", „J", „K" und „L" gehören zusammen wie Pech und Schwefel und schon eine bloße, unachtsame Überlegung, sie anderweitig im Alphabet zu platzieren wäre eine Beleidigung und völlig inakzeptabel. „M", „N", „O", „P", „Q" und „R" sind im engeren Sinne eigentlich nicht sortierbar, allerdings für eine Vielzahl von Worten unabdingbar und von daher nötig. Ich bin sicher, diese Buchstaben wurden willkürlich an diese Stelle des Alphabetes verpflanzt. Dort richten sie keinen Schaden an und fallen nicht weiter auf. „S" und „T" nebeneinander verweilen zu lassen war wiederum durchaus wohl durchdacht. In vielen Worten unserer Sprache kann der

Eine nicht ohne den Anderen. Eine Zweckgemeinschaft auf Ewigkeit. Das Ende der 26 Lettern bilden die oft zu Unrecht kritisierten „U", „V", „W", „X", „Y" und „Z". Manch einer wird sich oft schon die Frage gestellt haben, wozu es sie überhaupt gibt. Hier muss ich entschieden und eindringlich eine Warnung aussprechen: Nehmen wir das „W". Ohnedem wäre die deutsche Zivilisation mit Sicherheit nicht so gebildet und weitgereist wie sie heute ist. Fragen führen zu Wissen und zur Verbreitung dessen und ohne dem „W" würden die meisten Fragen beim Gegenüber nur dumpfes Schweigen auslösen. Schauen wir noch kurz auf das „Z". Hierbei verhält es sich wie ähnlich dem „A". Es gehört einfach an den Schluss. Worte wie „Ziel", „Zenit", oder „Zuflucht" künden schon von einem gewissen Grad an Endzeitstimmung, zumindest aber von einer Veränderung.

Alles in allem bin ich für meinen Teil sehr zufrieden mit unseren Buchstaben und mit der Ordnung im Alphabet. Manch Altes und Bewährtes sollte man auch einfach auf sich beruhen lassen und nicht in Frage stellen.

Redewendungen!

Man soll ja bekanntlich den Morgen nicht vor dem Abend loben, denn schließlich hat dieser stündlich Gold im Mund. Und da der Glaube Berge versetzen kann, hat man Pferde sich vor Apotheken schon übergeben sehen. Die Quadratur des Kreises beginnt meist mit dem dreieckigen Hut in 08/15 Manier, doch beschaut man sich dies mit Argusaugen wird einem auffallen, dass es ein Armutszeugnis ist, Äpfel mit Birnen zu vergleichen. Man darf es keinesfalls auf die lange Bank schieben, denn ansonsten wird mit harten Bandagen gespielt und man muss wohl oder übel in die Röhre blicken. Bei dieser Gretchenfrage kann man sehr simpel ein X für ein U machen und das Handtuch werfen, deshalb empfehle ich mit offenen Karten zu spielen. Falls dennoch jemand eine Mücke zu einem Elefanten macht, dann erhebt er sich wie Phönix aus der Asche und wird mit großer Sicherheit nicht an den Pranger gestellt. Der springende Punkt ist also, dass er die Rechnung ohne den Wirt gemacht hat und abgeht wie Schmidts Katze. Er hatte wohl

Tomaten auf den Augen, denn anders wäre es nicht zu erklären, dass er solange zum Brunnen gegangen ist, bis der Krug zerbrach. Vermutlich hat er irgendwie Wind von der Sache bekommen. An dieser Stelle wird ein Wink mit dem Zaunpfahl nur geringen Erfolg bringen. Stattdessen wird man Zeter und Mordio schreien und das Zünglein an der Waage spielen.

Ich sollte jetzt und sofort einen Schlussstrich ziehen, den lieben Gott einen guten Mann sein lassen und niemanden mehr auf die Schippe nehmen, geschweige denn einen Bären aufbinden. Bevor ich mich nicht nur um Haus und Hof, sondern auch um Kopf und Kragen bringe, lege ich mich lieber auf die faule Haut und nage fleißig an meinem Hungertuch.

Kurze Haare sind letzten Endes schnell gekämmt. Mein Name ist Hase, ich weiß von nichts.

Ein spezielles Fenster

Während eines ziemlich durchschnittlichen Lebens in westlicher Zivilisation durchblicken unsere wachen Augen so manches klare oder auch milchige Fenster. Die überwiegende Anzahl wird man im Laufe der Lebenszeit ganz ungewollt aus seinen Gedanken verdrängen, es sei denn, es handelt sich um Durchblicke, die sich im ständigen Umfeld befinden. Gerne erinnern wir uns zurück an Fenster, durch die wir Besonderes zum ersten Mal gesehen haben. Die Frau seiner Träume eventuell, die am Hause vorüberging und man allen Mut hat zusammennehmen müssen, um sie bebend anzusprechen. Das Baby, das im Krankenhaus hinter einer Scheibe schlummernd, die ersten erwartungsvollen Tage und Nächte verbringen musste, bis es, wie das Wunder des Lebens nun einmal ist, gesund und wohlerhalten in die Arme der Eltern entlassen werden durfte.

Das Fenster, aus dem man einen schrecklichen Unfall hatte mitansehen müssen, das Fenster, das sich bei einem verheerenden Brand trotz aller Kraftanwendung nicht öffnen ließ, das Fenster, das einem als einziger Zugang zur Welt draußen immer verschlossen blieb, bergen dagegen keine sympathischen Erinnerungen.

Ein Fenster, das mir immer wieder vor Augen ist und mir mein bisheriges Leben treu zur Seite stand, befindet sich in der Kirche meines Heimatdorfes. Hinter dem Altar ragen drei stattliche, mit Motiven aus dem neuen Testament geschmückte Kirchenfenster in die Höhe. Doch das, was mich ein ums andere Mal in kindliche Gedanken schwelgen lässt, ist eine kleine Jahreszahl unten rechts auf jedem der drei Bilder. 1952 steht da deutlich und schwarz eingraviert. Immer wenn ich den Fenstern gegenüberstand oder –kniete glaubte ich, die dargestellten Szenen zeugten aus dem Jahr 1952. Ich hatte keine Ahnung wie weit das Jahr zurücklag oder in welchen Jahren die Protagonisten lebten. Für mich war es aber so klar wie das Amen in der Kirche, dass sich die Begebenheiten genau dann abgespielt haben mussten. Mit der Zeit bekam ich als älteres Kind, wie es üblich sein sollte, ein immer besser funktionierendes Zeitgefühl. Die Gewissheit in meine Annahme über die Fenster schwand immer mehr, bis ich zu der Erkenntnis kam, dass irgendetwas an der Nummer nicht stimmen konnte. Schade eigentlich.

Die Fenster faszinieren mich bis heute und werden es wohl ein Leben lang.

Eine Schnecke kam,

man glaubt es kaum,

zu einem kleinen, jungen Baum.

„Warum bist du, ein edles Gewächs,

ganz nackt", die Schnecke sprach.

Die Tanne schluchzte nur: „Aaaach!"

Weiter fragte die Schnecke bloß:

„Wo ist dein grünes Dach?"

Wieder hörte sie nur ein armes „Ach!"

„Deine Nadeln können bleiben.

Der Winter, trübe, kalt und matt

entführt deinen Laubgenossen Blatt für Blatt."

Dank der Schnecke kluger Worte

war der Baum urplötzlich froh

und antwortete nun gescheiter:
„Aaaach…so!"

Muss auch mal sein

Samstag. Mein Kopf hat soeben mit Hilfe einer speziellen Mixtur Normalmaße angenommen. Nach einem äußerst fröhlichen Abend im Kreise meiner Freunde hatte er Dimensionen erreicht, die einer dringenden und schmerzlindernden Stutzung bedurft haben. Jetzt ist die Zeit der Woche, in der ich mich intensiv und liebevoll um meine bewohnbaren Räumlichkeiten kümmern kann. Zuerst widme ich meine Aufmerksamkeit dem WC und damit meine ich das redensartlich stille Örtchen, den Lokus, die einzige Sitzgelegenheit in meinem Badezimmer. Von Männern behauptet Frau gerne, dass sie mehr Zeit beim Verrichten geldloser Geschäfte ins Land ziehen lassen, als kuschelnder Weise mit ihnen in den Federn. Bei mir kann ich solch eine Verhaltensauffälligkeit nicht feststellen. Wenn ich mich auf der großen Brille niederlasse, dann passiert auch umgehend das Nötige. Da wird nicht lange gefackelt. Aus diesem Grund suchen männliche Gäste die sogenannte Toilettenlektüre bei mir auch vergebens. Dennoch schreit dieser Ort allein schon wegen der täglichen Beanspruchung und dem damit verbundenen Ausscheidungsritual nach Grundreinigung. Daran schließt sich die Säuberung der direkten Umgebung an. Nasszelle, Spieglein, Spieglein an der Wand und die Fliesen des Bodens unterziehe ich einer ausgiebigen Schönheitskur, denn ein ansehnliches Bad birgt ein durchaus gesundes Gefühl.

Die übrigen zwölf Zimmer meiner Dachgeschossbleibe müssen auch heute mit einer Art „Katzenwäsche" leben. Weniger akkurat, aber nicht weniger von Respekt und Liebe erfüllt, kommt dort ein Gerät zum schnurrenden Einsatz, dass meiner Meinung nach zu den besten und großartigsten Erfindungen aller Tage gilt: der Staubsauger. Es gibt keine andere Tätigkeit im Haushalt, bei der ich derart entspannen kann, mich in Träumen verlieren oder einen klaren Gedanken fassen kann. Aber der Grund für meine handfeste und ernst gemeinte Lobhudelei ist der: Aus dem Nichts bildet sich allerlei unansehnlicher Dreck, der auf dem Boden, den Fensterbänken, den Schränken, einfach überall sein Unwesen treibt. Jetzt komme ich mit meiner Lieblingsmaschine, visiere die verunreinigten Stellen, gleite sanft darüber und siehe da, er ist weg. Unfassbar. So entpuppt sich ein Samstag, der nur unter starken Protesten zu erwachen begann, als ein Tag voller kleiner Erfolge.

Busfahrer!

Manch einer antwortet auf die Frage nach seinen Beweggründen, die zur Berufswahl geführt haben mit den Worten: „Das ist kein Beruf, sondern meine Berufung." Dieser kühne Satz möchte den Respekt und die Hingabe zum Ausdruck bringen, die der Interviewte bei der Ausübung seines Jobs an den Tag legt. Mag sein, dass besonders privilegierte Personen Recht mit der Aussage haben, die Busfahrer, die mich ab und an von A nach B kutschieren fallen augen- und ohrenscheinlich nicht in diese Kategorie. Und an dem Punkt setzt bei mir ein nicht grad klägliches Unverständnis ein. Betrete ich eines dieser öffentlichen Nahverkehrsmittel schaut mich prinzipiell ein grimmig bis völlig paralysiertes Individuum an, das mich allem Anschein nach lieber auf der Stelle mit Haut und Haaren verspeisen würde, als mich durch die niederrheinischen Dörfer zu transportieren. Nachdem ich in aller Regel IHM emotionslos meinen Zielort geschildert habe und ein Häufchen Bares aus der Tasche gekramt habe, kommt immer die gleiche Warteschleifen- Ansage wie vom Band: „Macht Zweifuffzich." Solch durchaus gängigen Floskeln wie „Danke" und „Bitte" scheinen im Wortschatz eines Berufskraftfahrers in meiner Gegend auf der roten Liste der ausgestorbenen Freundlichkeiten ganz oben zu stehen. Überhaupt nehmen sie die Anweisung, bitte nicht mit dem Fahrer zu sprechen, mehr als nur ernst. Sie verweigern jede Art der gesprochenen Kommunikation. Wortlos setze ich mich also auf einen Platz und warte ab, bis mich der Herr Busfahrer sicher und zielgerichtet aus seinem Gefühlskühlschrank entlässt.

Liebe Busfahrer, vielleicht tue ich ihnen Unrecht und ich erwische, wann immer ich auch ihren Dienst in Anspruch nehme, schnurstracks einen ihrer schlechteren Tage. Anders kann ich mir ihr Verhalten auch nicht erklären. Ich verbinde mit einem Menschen, der tagein, tagaus mit mehrheitlich fremden Menschen in Berührung kommt, eine Person, die sich auf humanen Umgang versteht und sich ein wenig mehr Freude am Beruf anmerken lassen könnte. Keinesfalls verlange ich von ihnen, dass sie mit ständig hochgestellten Mundwinkeln jedem Fahrgast nach dessen Befinden fragen und eine erlebnisvolle Reise wünschen. Aber Sie üben eine wichtige Tätigkeit aus. Und wir sind ihre Kunden.

Katzen sind wie Bohnensalat

„Wie süüüüüß!" Das ü kann bei derartigen Jubelarien auch gerne mal ins Unermessliche ausarten, wenn es um die lautmalerische Beschreibung der kleinen Haustiere geht. Gelten die Hunde eher als herrchenorientiert, sind die Katzen das passende Pendent der Frauchen. Ihre wilden Artgenossen wurden einst von ihrem Schöpfer als Rudeltiere konzipiert, weshalb sich die gemeine Katzenbesitzerin mit einem Exemplar nur selten zufrieden gibt. Manch ein Ehemann kann sich glücklich schätzen, weil sein Körper einen natürlichen Reflex ausgebildet hat und allergisch auf die all über all im Haus drapierten Katzenhaare reagiert. Bleibt die Frage, wer das gemeinsame Heim verlassen muss: Mann oder Katzen? Statistiken belegen, dass noch die Tierchen den Kürzeren ziehen. Noch. Die Katze als vollwertiges Familienmitglied, die mit etwas gutem Willen vornehmlich ihr eigenes Klo für körperliche Abfälle benutzt, miaut dem Mann langsam aber sicher den Rang ab.

Es mag hart klingen, aber ich habe für Katzen ungefähr genauso viel übrig wie fein gezimmerte Schneemänner den Sommer lieben. Warum meine Abneigung diesem Lebewesen gegenüber sogar einen Gedanken in diesem Buch wert ist, wurde heute wieder mehr als klar. Auf einer durchaus hoch frequentierten Fahrbahn hatte allem Anschein nach ein PKW das Duell Maschine gegen Katze haushoch gewonnen. Das vermutlich noch vor gar nicht allzu langer Zeit mal schwarzweiße Haustier sah bedenklich ungesund aus. Und in dem Moment empfand ich keine Freude oder Zufriedenheit, dass der Fahrer des Wagens offensichtlich die Unfallstelle unbeschadet verlassen konnte. Aber ich fuhr auch nicht in Tränen aufgelöst von dannen oder versuchte das arme Tier durch Herzrhythmusmassagen wiederzubeleben. Es ist wie mit Vielem anderen auch: Geschmackssache. Die Einen mögen Bohnensalat mit Speck, die Anderen Katzen. Ich mag Beides nicht.

Favoriten!

Clint Eastwood, Heinz Erhardt, Guns `n Roses, Heinz Hönig, Dennis Bergkamp, Bill Bryson, Alexandra Maria Lara, Udo Jürgens, Max Goldt, Liam Neeson, Boris Becker, Harald Schmidt, Ashley Judd, Bon Jovi, Pierre Littbarski, Robert Gernhardt, Charlie Chaplin, The Police, Morgan Freeman, Stefan Raab, Miroslav Klose, Bud Spencer, Asterix und Obelix, Chris de Burgh, Dieter Nuhr, Queen Elisabeth II, Magnum, Peter Lustig, Sebastian Deisler, Mark Twain, Michael Jordan, Sean Connery, Götz Alsmann, Hella von Sinnen, U2, Nelson Mandela, Papst Johannes Paul II, Gerd Dudenhöffer, Axel Hacke, Lionel Messi, Steffi Graf, Thomas Gottschalk, Robert de Niro, Jürgen Klopp, Aloe Blacc, Peter Ustinov, Abraham Lincoln, Hape Kerkeling, Murdock, Die Maus, Herbert Grönemeyer, Marlon Brando,

Sand am Strand

Nun kommt sie laut meteorologischer Weitsicht wohl doch noch, die verloren geglaubte Jahreszeit. Und es liegt in der Natur der menschlichen Seele, dass man die Gedanken an kalten, trüben Winterabenden gerne den entgegengesetzten Orten widmet. Ich für meinen Teil schleiche mich dann in nicht unbedingt tropische Gefilde, dennoch aber in Wohlige.

Ein Strand an sich hat den Vorteil, dass sich sozusagen in greifbarer Nähe ein Gewässer befindet. Darüber hinaus lässt sich ein Strand durch seine Beschaffenheit meist wunderbar formen. Ganz abgesehen von den Burgen und anderen Kunstwerken, mit denen sich Kinder freudestrahlend die Zeit vertreiben, während Mama und Papa sich um ihre Urlaubsbräune kümmern, kann man es sich an einem Strand rein liegetechnisch einigermaßen bequem machen. Es wird hier ein Hügelchen angehäuft und da ein wenig zur Seite geschippt und schon hat man im Sandumdrehen einen vortrefflichen Platz zum relaxen erschaffen. Womit ich auch ohne Umschweife zum negativen Merkmal eines Strandes gelange. Der Sand! Der Sand hat mindestens so viele Contras wie Pros, wenn nicht bedeutend mehr. Die Pros habe ich bereits restlos geschildert. Zu den Contras zählt ohne Kompromisse, dass man sich nach einem kühlen Bad im Meer, egal, wie sehr man sich auch bemüht, umgehend mit Sand beschmiert als wäre man ein paniertes Stück Hähnchenkeule. Es nützt wenig, sich unter Rücksichtnahme aller Eventualitäten hermetisch in seinem Handtuch abzuriegeln. Der Sand kriecht überall hin. Weht in diesen Momenten auch noch ein laues Lüftchen, ist der Drops sowieso gelutscht und jede Anstrengung ist das zeitgleiche Fluchen nicht einen Cent wert. Das Einkaufen kitschiger und überteuerter Urlaubssouvenirs kann man sich übrigens auch sparen. Durchforstet man nach Wiederheimkehr seine Taschen stößt man unweigerlich auf geschätzte 2,3 Tonnen Urlaubstrandsand. Würde man den Sand sammeln, den man Jahr um Jahr, Urlaub für Urlaub, aus fernen und nahen

Ländern ungewollt mitbringt, so wäre es keine Überraschung, wenn man darin seine Kinder auch zu hause diverse Burgenbauwettbewerbe veranstalten ließe.

Meine Idee: Jemand macht an den Stränden dieser Welt mal ordentlich sauber, lässt den Staubsauger kreisen und legt stattdessen saftig- grüne Rasenflächen an. Oder so.

Mehr reden!

Definition laut Duden: Mündlicher Gedankenaustausch in Rede und Gegenrede über ein bestimmtes Thema.

In der Definition hakt es leider in der heutigen Zeit an einem Wort: Mündlich. Immer mehr gehen die gepflegten Gespräche über bekannte Themen wie Gott und die Welt den Bach runter. Niemand unterhält sich mehr, keiner hält es für nötig, sich dem Gegenüber Aug in Aug zu stellen. Schlimmer noch: das Gegenüber wird mehr und mehr virtuell. Mich würde wirklich einmal brennend interessieren, wie viel Prozent der ehedem noch persönlich geführten Unterredungen heutzutage stattdessen in anderer Form über die Bühne gehen. Möglichkeiten hierzu haben die einschlägig bekannten Anbieter in den vergangenen Jahren zur Genüge auf den unaufhaltsamen Markt geworfen. Elektronische Post, das große Buch der Gesichter, mobile Kurznachrichten, zwitschernde Mitteilungen, sind alles Vernichter anregender Gespräche. Man mag sich noch so ins Zeug legen, um den ausgehenden Sätzen Charme, Humor, Ehrlichkeit oder Dringlichkeit anzuheften, doch gegen eine Konversation Vis a Vis ist bislang noch kein modernes Kraut gewachsen.

Der hervorstechendste Makel an den durchaus bequemen aber auch ungleich kostspieligeren Mittel ist, dass die wichtigste Eigenheit eines Gespräches komplett abhanden gekommen ist. Ich rede vom Beobachten einer Person, mit der man womöglich zukunftsweisende Dinge bespricht, die Emotionen, die bei Gesprächen aufkommen und aufkommen sollen. Ich finde es schrecklich und dem Anderen unwürdig, wenn ich auf seine Gesten und seine Gefühle nicht reagieren kann, ihn dabei nicht unterstützen oder entgegnen kann. Ein gut und fair geführtes, persönliches Gespräch bietet jedem der Beteiligten ganz viele unterschiedliche Möglichkeiten und Chancen, die zu unpersönlich niemals zu Tage treten können. Vielleicht sollten wir uns alle ein wenig an die eigenen, verstrahlten Nasen fassen und wieder mehr miteinander reden. So manche Unstimmigkeit und allerlei Zwist würden im Keim erstickt werden. Mehr reden!

„Müssen" müssen

Gegen viele Wörter, die ich tagtäglich für meine Verständigung benutze, hege ich einen regelrechten Hass. Ganz oben auf der Skala rangiert ohne wenn und aber das unter Druck setzende Wörtchen „Müssen". Schlimm! Ich habe schon mehrmals den Versuch gestartet, einen Tag mal nicht zu müssen, das Wort einfach nicht in den Mund zu nehmen. Ob es mir gelungen ist? Ehrlich gesagt kann ich diese Frage nicht wahrheitsgetreu beantworten, denn alleine schon in jedem Gespräch und bei jeder Äußerung darauf zu achten, welches Wort fällt, überforderte mich schlichtweg. Eines aber ist sicher: wir benutzen müssen zu oft, zu unbedacht und halten uns nicht die Konsequenzen vor Augen, die durch die Verwendung ausgelöst werden können.

Was müssen wir eigentlich wirklich? Es gibt Unausweichliches, was getan werden muss, alleine schon, um zu überleben. Ohne zu atmen, ohne zu essen, zu trinken oder auch zu schlafen wäre unser Leben kaum aufrecht zu erhalten. Das perfide an diesen

Tatsachen ist allerdings, dass wir dies alles auf uns nehmen, um letzten Endes doch nicht ewiglich auf der Erde lustwandeln können, sondern trotz noch so ausgewogener Ernährung, viel Schlaf und reinster Atemluft endet unser Leben mit dem Tod.

Weniger klar liegt die Sachlage bei Situationen, die nur bedingt zwischen Leben und Ableben entscheiden. Und wir erfahren während unserer Lebensdauer unzählige solcher Erlebnisse. Zum Beispiel hat ein jeder von uns erleben dürfen, wie die gutherzige Mutter uns in der Kindheit zu folgendem Tun verdammt hat: „Du musst dir was anziehen, wenn du raus gehst. Sonst wirst du krank." Zu allererst möchte ich betonen, dass ich nur selten die fragwürdige Idee hatte, gänzlich unbekleidet der Welt einen Besuch abzustatten. Meine Mutter meinte, ich solle mich dem Wetter entsprechend kleiden und damit wiederum war gemeint, dass ich mich beim ersten wagen abklingen des Hochsommers doch bitte wie ein unbewegliches Michelin- Männchen zu vermummen habe. Kinder aber wollen Freiheit auch und gerade beim Spiel. Eine über die Maßen ausgestopfte und hemmende Kleidung wirkt dabei nicht besonders bedienerfreundlich.

Kaum auf dem Sportplatz angekommen, wurde die überflüssigen drei Jacken funktionell abgeändert und dienten nun als Torpfosten, Elfmeterpunkte oder Kopfkissen. Ich musste nicht wie ein wandelndes Paket aussehen um zu leben. Aber ich musste spielen. Und ich überlebte. Bis heute. Das Muss kommt früh genug.

Bälle sind nicht immer rund

Genauso wie sie Summe 7 bei der Addition 2+2 in der Regel als falsch gedeutet wird, so gibt es auch in unserem Alltag immer wieder Sonderbares, was ich in meinem

Leben allerdings als Unwahrheiten deklarieren möchte.

Ein wahrer Klassiker unter den Unwägbarkeiten der Illusion findet laut den Betroffenen in der Waschküche statt. Lädt man seine Waschmaschine mit den Kleidungsstücken, die einer gründlichen Reinigung bedürfen, mag daran auf den ersten Blick nichts Paranormales zu erkennen sein. Öffnet man nach Beendigung des Vorganges dann die Tür der Trommel und sortiert die strahlend saubere Haute Couture, so kommt es vor, dass sich vor allem die Fußbedeckungsaccessoires wie von Geisterhand in ein schwarzes Loch verabschiedet haben. Ganze Bataillone von Socken, ehemals in trauter Zweisamkeit lebende Paare, wurden auf brutalste Weise getrennt. Unauffindbar. Ich verstehe diese Hysterie nicht. Die Angst, dass ich ins Herz geschlossene Socken nach Befüllung der Waschmaschine nie mehr wiedersehen werde, ist stark begrenzt. Es ist bei mir einfach noch nicht vorgekommen.

Ebenfalls falsch ist die Herberger`sche Erkenntnis: Der Ball ist rund. In meiner aktiven, wenn auch nur amateurhaften Sportlerzeit habe ich immer mit dem allergrößten Vergnügen die unterschiedlichsten Ballsportarten betrieben. Wie bei den meisten Jungs in meiner Gegend stand der Fußball ganz oben auf der reichhaltigen Liste. Als Kinder sind wir meist umgehend nach Schulschluss zu dem nahegelegenen Bolzplatz geradelt und uns stundenlang die Bälle um die Ohren geschossen, die Klamotten gekonnt versaut und den größenwahnsinnigen Träumen freien Kauf gelassen. Das Leder wurde seinem Namen nur in den seltensten Fällen gerecht und wenn, dann in einer dermaßen schlechten Verarbeitung, dass es kaum wunderte, den Ball für ein paar Mark erstanden zu haben. Nach getaner Arbeit und einem einmal mehr wundervollen Nachmittag auf dem Rasen der die Welt bedeutete, war aus dem einst noch als rund zu bezeichneten Ball ein unförmiges Etwas geworden. Oftmals trat zu allem Überfluss sogar die Blase wie eine eiternde Beule an den aufgeplatzten Nähten heraus.

Der Ball ist rund? Von wegen!

Papa!

Es ist der 26. Januar. Schon seit Tagen überlegt Deine Familie, in welcher Form wir deinen Geburtstag in diesem Jahr begehen. Nachdem die Diskussion abgeschlossen ist, haben wir uns für ein gemeinsames Frühstück und gegen den üblichen Kaffee und Kuchen am Mittag entschieden. Heute ist Sonntag und es scheint uns passend. Eingeladen sind hierzu nur deine engsten Angehörigen, aber schon dazu gehören eine erhebliche Anzahl Personen.

Für das obligatorische Geschenk haben wir wie üblich unter den Kindern und

Schwiegerkindern Geld gesammelt. Einfach ist es nicht, für dich eine adäquate Aufmerksamkeit auszusuchen. Deine Hobbies beschränken sich weitestgehend auf Lesen, Kreuzworträtsel lösen und sich mit deinen Freunden und Bekannten zu treffen. Trotz all der wirren Überlegungen und den wiederum verworfenen Ideen hoffen wir, dir mit dem schließlich Erdachten eine bleibende Freude zu machen.

Kurz nach 10 Uhr am Morgen erscheinen die ersten Gäste. Es dauert nicht lange und alle sind eingetroffen und versammeln sich um die reichlich gedeckte Frühstückstafel. Die Stimmung ist glänzend und dir bereitet es sichtlich Vergnügen, deine Familie um dich geschart zu haben. Gerade, als wir uns gut gesättigt und gestärkt ans Abräumen des benutzten Geschirrs machen wollen, klingelt es an der Haustüre und deine Schwester kommt zum Gratulieren. Wie oft in den vergangenen Jahren hat sie auch heuer wieder ein kleines, liebevolles, in reimform verfasstes Gedicht auf einer Karte notiert, welches sie zum Amüsement Aller umgehend zum Besten gibt.

Längst ist es Nachmittag geworden und mit der Zeit hat sich der gemütliche Brunch in ein ausgelassenes Stelldichein entwickelt. Alte Geschichten werden erzählt, launigen Witzen gelauscht und mit dem einen oder anderen Bier angestoßen. Es mangelt nicht an guter Laune. Schließlich endet der Tag, dein Geburtstag, am frühen Abend mit der Gewissheit, dir ein unvergessliches Ereignis bereitet zu haben. Wir sind zufrieden, dass unser Vorhaben einmal mehr so wunderbar funktioniert hat. Du bist glücklich.

Wie gerne hätten wir den Tag genauso gestaltet. Es ist der 26. Januar. Dein Geburtstag. Du bist schon lange nicht mehr unter uns. Dennoch ist dies dein Tag.

Diverse Bretter!

Den Gedanken des heutigen Tages fasse ich zu Beginn ganz kühn und auch vergleichsweise simpel zusammen: Ohne Bretter wäre die Menschheit nicht da, wo sie heute im 21. Jahrhundert steht! Diese Behauptung mache ich hauptsächlich an drei bemerkenswerten, geschichtlichen Tatsachen fest. Für die Erste müssen wir den historischen Zeitstrahl sehr weit zurückverfolgen. In den damals bedeutend weiterentwickelten und dichter besiedelten Ländern als den europäischen, beschlossen abenteuer- und überlebenslustige Männer, sich in der Natur zu bedienen, um zu schauen, ob es hinter dem fernen Horizont nicht mehr gab als unendliches Wasser. Zur Bewältigung der vermutlich gewaltigen Strecken mussten Fortbewegungsmittel her, die erstens schwimmen und zweitens große Lasten transportieren konnten. Das einzige Material, das dafür in Frage kommen sollte und in schier unermesslichem Vorrat zur Verfügung stand, war Holz. Nach anfänglich grob geschnitzten Einbäumen, verfeinerten sie

Pioniere der Seefahrt bald ihre Ideen und immer weiter konnten sie fahren und immer unglaublichere Welten öffneten sich für sie. Die Zivilisation war nicht mehr aufzuhalten. Bis heute.

Als zweiten Punkt verdient unsere moderne Kultur einen nicht unerheblichen Teil ihrer Existenz den Brettern. Noch heute sagt man zu den Böden, auf denen Schauspieler ihre Kunst an den Theatern aufführen, es seien die „Bretter, die die Welt bedeuten". Und ganz Unrecht haben sie damit keineswegs. Wo wäre unsere literarische Vergangenheit, unser kulturelles und soziales Wissen, hätten sich nicht einige talentierte und gebildete Menschen dazu aufgefordert gefühlt, das Leben und seine vielschichtigen Facetten nieder zu schreiben? Alle historischen Theaterstücke der Weltliteratur fußen in irgendeiner Weise auf dem wahren Leben, auf Geschehnisse und Erlebnisse. Das Theater und damit auch die Bretter, die die Welt bedeuten waren Boten und Verbreiter des Wissens der damaligen Zeit. In einem Leben ohne Bücher, Fernsehen und Internet. (Für alle, die an dieser Stelle stutzen: diese Zeit gab es wirklich!)

Drittens würde ich auch ein Brett ungeheuer wichtig für die Geschichte, das auf den ersten Blick vielleicht nicht in die bislang illustre Liste zu passen scheint. Die Rede ist von dem sprichwörtlichen „Brett vorm Kopf". Ich gebe zu, dass dieses Brett einen eher schlechten und schädigenden Ruf besitzt, doch ich wette, dass so manches Brett vor so manchen Köpfen eben jene zum neuerlichen Nachdenken inspiriert hat. Mit Sicherheit wäre manch eine Erfindung nicht erfunden worden, wäre bei seinem Erfinder alles glatt gelaufen und er nicht dazu angeregt wurde, nochmals über seine Schritte nachzudenken. Nicht alle, aber dennoch etliche Bretter vor genauso etlichen Köpfen waren von immenser Wichtigkeit.

Leider hatte ich von dieser Sorte bislang wenig Besuch.

Mallorca, Teneriffa, Ibiza,

Flori hier und Flori da.

Ha- und Tahiti, Hawaii,

Grönland und die Mongolei.

Holl-, Russ-, Eng-, und Is-

land. Italy, Spain and Greece.

Mexi-, Mona-, Marokko,

USA und anderswo.

Ist es hier nicht auch ganz schön?

Man muss die Heimat nur mal seh`n.

Meister der deutschen Sprache

Das Jahr 1909 war aus zweierlei Gründen ein ganz ausordentlich geschichtsträchtiges. Zum einen wurde in diesem Jahr am Dortmunder Borsigplatz ein Fußballverein gegründet, dem es mir seit vielen, vielen Spielzeiten angetan hat und, ich muss es so sagen, dem ich mit ganzem Herzen verfallen bin.

Doch der noch bedeutendere Grund war eine Geburt, die sich am 20. Februar im lettischen Riga ereignete und die das betroffene Kind selbst später einmal folgendermaßen kommentierte:

„Das Thermometer zeigte 11 Grad minus und die Uhr 11 Uhr vormittags, als vor unserem Haus das Hauptwasserrohr platzte. Im Nu war die Straße überschwemmt und im gleichen Nu gefroren. Die umliegenden Kinder kamen zuhauf, um auf ihren Schuhen schlittzulaufen. Ich selber konnte mich nicht an diesem fröhlichen Treiben beteiligen, weil ich noch nicht geboren war. Dieses Ereignis fand erst gegen Abend statt, und da

war die Eisbahn längst gestreut." (Quelle: Heinz Erhardt- Die Biografie, Lappan Verlag)

Heinz Erhardt, nicht nur ein Meister des humorvollen Gedichtes und des augenzwinkernden Blickes auf das Leben, sondern und vor allem ein Mut- Macher und Kraftspender. Die Umstände seiner Kindheit und Abstammung und der Wunsch auf der Bühne zu stehen, führten ihn glücklicherweise bald nach Deutschland, wo er schon vor dem Krieg erste, zarte Erfolge feiern konnte. Zu diesem Zeitpunkt allerdings noch vornehmlich als Pianist. Zu dem was er wurde und so, wie wir ihn in liebevoller und bleibender Erinnerung behalten dürfen, gelangte er erst nach dem Krieg. Die deutsche Seele lag danieder. Zu Lachen hatte niemand, denn es gab einfach keine Gründe dazu. Heinz Erhardt erschuf diese Gründe. Mit leisen Worten, nicht mit dem Vorschlaghammer. Die Generation, die vergessen hatte, dass es außer der elendigen Trauer, dem Bangen und Hoffen noch andere Emotionen gab, lernte durch ihn und seinen teilweise tollpatschigen Stil Spaß zu haben.

Heinz Erhardt lehrte auch mich entscheidende Dinge: die Liebe zum Lesen und den Mut zum Schreiben.

Slalom im Supermarkt!

Bei meinen wöchentlichen Hamsterkäufen im nahegelegenen Konsumtempel bin ich immer neuen Herausforderungen ausgesetzt. Nicht nur, dass meine gute und durchaus zivilisierte Kinderstube jedes Mal aufs Neue auf die Probe gestellt wird, sobald ich den Bezahlbereich ansteuere und sich dort wiederholt fantastilliardenmeter lange Schlangen gebildet haben. Nein, auch meine Einkaufswagen- Steuerungskünste werden für mein Überleben im Discounter Mal um Mal von größerer Wichtigkeit. Kaum durch das Drehkreuz des Grauens eingebogen auf die Einkaufsstraße habe ich das Gefühl, dass alle anderen Lebensmittelkarren sich zu einem Rudel zusammenschließen und vor mir einscheren. Mein recht mittelmäßiger Orientierungssinn lässt keine abkürzenden oder fluchtartigen Umleitungen zu, sodass ich dem Schwarm hilflos ausgesetzt bin.

Es ist wohl der geografischen Nähe zu unseren geliebten Nachbarn geschuldet, dass das Gros der Einkaufsschleicher ein unsichtbares, gelbes Nummernschild am vollbeladenen Schubmittel trägt. Das in Holland bei derartigen Verkehrsaufkommen nicht selten benutzte „Sorry" birgt nur ab und an einen müden Grad an Erfolg. Mehr Grund zum Jubilieren dagegen verschafft mir die Methode Augen zu und dran vorbei. Ich nutze die wenigen Zentimeter, die zwischen mir und dem Schwarm aufkommen, um mich grazil und schlangengleich mit meinem Wagen hindurch zu winden. Der immer in Bewegung bleibende Parcours verlangt eine Slalomfahrt unter höchster Konzentration. Durchaus sind Kollateralschäden und Auffahrunfälle nicht auszuschließen, aber dann kann ich mein perfektes Niederländisch wieder aus der untersten

Schublade hervorkramen und „Sorry" flüstern.

Ein ganz gewöhnlicher Wocheneinkauf kann zu einem abenteurähnlichen Ereignis mutieren. Aber macht nicht genau das den Reiz aus? Ich denke nein. Ich wünsche mir mal einen ruhigen, stress- und unfallfreien Besuch im Kaufhaus. Und wenn sich die feinen Herren im IOC endlich dazu durchringen das Slalomfahren in Einkaufscentern ins olympische Programm aufnehmen zu wollen, dann trainiere ich noch härter. Dann will ich eine Medaille!

Geschenkpapier- gestern und heute!

Das Glöckchen bimmelt, Vater hat sich in sein mittlerweile viel zu enges Weihnachtsmannkostüm gezwängt, der nur noch halb mit Nadeln bedeckte

Tannenbaum strahlt im trüben Flackern der leicht qualmenden Lichterkette und darunter liegen dutzende, liebevoll drapierte Päckchen. Diese geben sich an äußerlicher Hässlichkeit gegenseitig die Klinke in die Hand. Favorisierte Farbkombinationen sind gerne mal goldene Sterne auf rosa Grund, oder auch schlittenfahrende Engelchen mit Zombie-Gesichtern.

Morgens, halb sechs in Deutschland. Der jüngste Spross der vierköpfigen Großfamilie feiert seinen Jahrestag und will pünktlich zum Playstation- Auspacken geweckt werden. Allen beruhigenden Wortgefechten zum Trotz steht der Kleine aber schon um vieruhrdreißig putzmunter und mit gefletschten Zähnen am Elternbett und erhebt Anspruch auf sofortiges „Happy Birthday"- Singen. In diesem Fall überzeugt das Geschenk durch seine überdimensionale Schlichtheit. Schließlich hätten die Unmengen an Papier die Kosten für die eigentliche Aufmerksamkeit meilenweit geschlagen. Mama und Papa sind deshalb eher spartanisch an die Sache herangegangen und haben die Variante Zeitungspapier bevorzugt.

Wie man es auch macht, es sieht in jeder Situation beschissen aus. Und außerdem noch so unnötig. Ich verstehe durchaus, dass es einen gewissen Reiz hat, nicht zu wissen was man sich für die zu beschenkende Person hat einfallen lassen, aber muss es denn jedes Mal auf`s Neue das hässlichste Geschenkpapier sein, welches es auf der globalen Nordhalbkugel zu kaufen gibt? Oder im Fall des Zeitungspapiers eben nicht? Die Geschenkpapier- Industrie schwimmt mit Sicherheit im Geld. So wird sie es mir sicherlich nicht allzu übel nehmen, wenn ich behaupte, dass sich die Menschen doch bitte einmal ein wenig mehr Fantasie aus den Gehirnwindungen prügeln und sich zur Präsent- Präsentation etwas mehr Mühe geben sollten.

Auch die Umwelt wird es uns danken. Früher, ich weiß es noch aus eigener Erfahrung, hat meine Mutter das Geschenkpapier, das für sie eine Überraschung beinhaltet hatte, sehr

sorgfältig und behutsam behandelt und es anschließend glatt gestrichen.
Wiederverwertet hat sie die Papiere nie, aber wenigstens hat sie sie nicht unachtsam und respektlos der Müllkippe zur Verfügung gestellt. Es hatte etwas von Würdigung. Heutzutage ist dieses Ritual fast völlig in Vergessenheit geraten. Kaum in Händen, landet es im nächstbesten Eimer. So ist es auch nicht fair.

Herr Ober, Zahlen bitte!

1, 2, 3, 4, 5, 6, 7, 8, 9, 10, 11, 12, 13, 14, 15, 16, 17, 18, 19, 20, 21, 22, 23, 24, 25, 26, 27, 28, 29, 30, 31, 32, 33, 34, 35, 36, 37, 38, 39, 40, 41, 42, 43, 44, 45, 46, 47, 48, 49, 50, 51, 52, 53, 54, 55, 56, 57, 58, 59, 60, 61, 62, 63, 64, 65, 66, 67, 68, 69, 70, 71, 72, 73, 74, 75, 76, 77, 78, 79, 80, 81, 82, 83, 84, 85, 86, 87, 88, 89, 90, 91, 92, 93, 94, 95, 96, 97, 98, 99, 100, 101, 102, 103,104, 105, 106, 107, 108, 109, 110, 111, 112, 113, 114, 115, 116, 117, 118, 119, 120, 121, 122, 123, 124, 125, 126, 127, 128, 129, 130, 131, 132, 133, 134, 135, 136, 137, 138, 139, 140, 141, 142, 143, 144, 145, 146, 147, 148, 149, 150, 151, 152, 153, 154, 155, 156, 157, 158, 159, 160, 161, 162, 163, 164, 165, 166, 167, 168, 169, 170, 171, 172, 173, 174, 175, 176, 177, 178, 179, 180, 181, 182, 183, 184, 185, 186, 187, 188, 189, 190, 191, 192, 193, 194, 195, 196, 197, 198, 199, 200

Falten

Es ist schon recht merkwürdig mit dem Wort „Falten". Wenn man sich die zwei uns geläufigen Bedeutungen einmal im Munde zergehen lässt, beschreiben sie das genaue Gegenteil des Anderen.

Manche lieben es eher akkurat. Wo immer sie auch in die Verlegenheit kommen, Kleidungsstücke anzuordnen oder zu platzieren, fallen sie einem ausgemachten Ordnungswahn anheim. In der Umkleidekabine einer Sporthalle falten sie fein säuberlich ihre Klamotten, bevor sie sich ihrem schweißtreibenden Hobby hingeben. Nur, um nach der hoffentlich angedachten Duschzeit wieder in dieselben zu schlüpfen. Machen sie das, um den Mitsportlern zu zeigen: Seht her, der Mensch hat Feuer gemacht, der Mensch war auf dem Mond und der Mensch kann seine Hose und seinen Pullover penibel behandeln?

Im heimischen Kleiderschrank geht es nicht anders vor sich. Die Hemden werden, schön nach Farben sortiert aufgehängt. Hoffe ich jedenfalls. Denn wer selbst die unfaltbaren, langärmligen Oberbekleidungsfetzen nach dem Waschen und Bügeln zusammenlegt, der hat ein psychisches Problem. In den meisten Fällen geschieht das hauptsächlich mit den unkomplizierter zu faltenden Sachen. Aber auch hier die Frage: Für wen? Für sich selber, um sich zusätzliche Arbeit zu schaffen und erneutes Ärger- Potenzial heraufzubeschwören, sobald sich hier und da unverwüstliche Knicke nicht wegfalten lassen? Für den Partner, um ihm zu verdeutlichen, dass man als Couch- Potatoe mehr kann, als nach vollendetem Arbeitstag faul die Füße hoch zu legen?

Falten sind aber auch unvermeidliche Begleiterscheinungen, die sich mit zunehmendem Alter am ganzen Körper breitmachen. Und die sind alles andere als glatt und akkurat. Entschuldigung, aber vor allem Frauen reagieren mit einem hysterischen Schreianfall, begegnen sie des morgens im Bad der ersten winzig kleinen Hautwulst. Spätestens da setzt ein millionenschwerer Siegeszug ein. Nämlich der der Hautcremeindustrie. Schließlich wird das heimische Regal im Nassbereich zu klein für unzählige Pröbchen, Tübchen und Döschen samt jugendversprechender Schönheit. Lässt es der gut gefüllte Geldbeutel zu, so werden ganz andere Geschütze zur Faltenbekämpfung aufgefahren. Dann macht Frau einen Termin bei einem Schönheitsquacksalber und Profiglattbügler. Mit schwerem Gerät und allerlei pseudo- natürlichen Produkten wird alles versucht und unternommen, sich den Zahn der Zeit zu ziehen. Der Erfolg spricht für sich. Zwar gelingt das fragwürdige Vorhaben für heute, doch die nächsten, hartnäckigeren Falten stehen schon in den Startlöchern. Ein Kampf, den alle verlieren.

Wir falten unsere Kleidung, um gepflegt auszusehen und bekommen, je älter wir werden, ganz dem Kreislauf des Lebens geschuldet, selber Welche. Sollten wir deshalb nicht auf das Falten verzichten, damit wir uns an die Falten gewöhnen können?

Der Himmel klar.

Keine Wolke nah.

Wunderbar!

Ist das wahr?

Die Sonne da.

Sonderbar!

Februar!

Ekliges Kleidungsstück

Ich erinnere mich an viele Kleinigkeiten aus meiner frühen Kindheit und mit einer großen Freude und einer nicht minder großen Portion Stolz kann ich behaupten, dass die Meisten davon als positiv anzusehen sind. Es gibt aber auch Dinge, an die ich weniger gute Rückblicke pflege. Vor allem, wenn diese mich in irgendeiner Form im jetzigen Dasein weiter begleiten. Zu diesen Unannehmlichkeiten der Anfangszeit zählt, ohne lange ins Grübeln zu geraten, die Strumpfhose.

Als Kind schürte sich bei mir vor allem der Ekel beim Ankleiden. Nie habe ich sie alleine anbekommen und es wurde mir peinlich, sich beim anziehen eines stinknormalen Beinkleides demütigende Hilfe holen zu müssen. Hatte ich das Überstreifen schließlich über mich ergehen lassen, war von überwältigendem Tragkomfort keine Rede. Nicht nur, dass sie an den Beinen kratzte wie frisch einmassiertes Juckpulver, sie störte noch viel mehr an den Füßen. Beim Laufen hatte die ansonsten enganliegende, zweite Haut ein Eigenleben entwickelt und begann scheinbar magisch hin und her zu rutschen. Einerlei welche Schuhe ich trug oder auch nur in Strumpfhosen unterwegs war (innerhäuslich, versteht sich!), sie kräuselte und sammelte sich zu einem unbequemen dicken Ballen unter den Füßen. Wie oft habe ich in unbeobachteten Momenten geflucht und nie verstanden, warum ich keine dieser Quälgeister in meiner Größe im Kleiderschrank hatte. Gibt überhaupt eine Art Größentabelle für Strumpfhosen? Meines Erachtens nach waren sie immer gleich: auf den ersten Blick viel zu klein und beim Laufen und Bewegen untenrum zu groß. Nie vergessen werde ich zudem das Gefühl, wenn 100 % Polyester an den Zehennägel knabbern. Die einfachste Lösung bei allen Problemen rund um die Strumpfhose war: Ertragen und nicht bewegen.

Heute, einige Jahre nach der traumatischen Kindheit, bleibt mir aus lauter schlechtem Gewissen oft das Herz stehen. In meinem Beruf ist es an der Tagesordnung, den

Kindern im Fall der Fälle eine saubere Hose anzuziehen. Sehe ich im Kalender die kalten Monate auf mich zukommen, ahne ich, dass ich bald wieder Aug in Aug mit meinen Lieblingshosen stehe. Nur nun muss ich den Kindern diese Pein beibringen. Und sehe ich die kleinen Gesichter weiß ich, dass sie diesen Gedanken später einmal mit breiter Zustimmung würdigen werden.

Müde!

Es ist schon spät. Trotz des frühen Arbeitsendes hatte ich keine Gelegenheit, meine übliche Ruhephase am freien Mittag einzulegen. Und jetzt, gegen 22.00 Uhr habe ich mich doch noch dazu durchgerungen, den Laptop in Gang zu setzen und meinen bislang ungeschriebenen Tagesgedanken zu Papier zu bringen. Das nicht zu unterschätzende Problem an der Sache ist, dass ich vor lauter Trägheit keinen klaren Kopf habe und mich an keinen nennenswerten Gedanken der letzten 24 Stunden erinnern kann und will.

Reale Engel

Schon als kleines Kind sind mir Engel begegnet. Der Erste, so glaube ich mich zu erinnern, war ein ganz bekannter und für junge Menschen ein noch fassbares Wesen. Jedes Jahr vor Weihnachten, als mein älterer Bruder die Krippenfiguren geschichtsgetreu im und um den Stall positionierte, durfte der Engel nicht fehlen. Es war eine rituelle Gegebenheit, dass er schwebend über der Szene angebracht wurde und deswegen nichts, was mich zu

Fragen hätte animieren können. Es war so. Im Laufe der Jahre, als mir die Bedeutung des Engels klarer wurde, änderte sich bei mir die Wahrnehmung der jetzt immer mystischer werdenden Figur. Engel wohnten plötzlich im Himmel und wurden zur Erledigung bestimmter Aufträge auf die Erde gesandt. Und Engel waren immer gut. Nicht nur der Weihnachtsengel, auch die Anderen, die in christlichen Geschichten auftraten, schenkten mir den Glauben, dass sie ein hohes Ansehen verdienten.

Etwas später trat eine weitere Spezies der Engel in mein Leben. Der Schutzengel. Dieses mal jedoch zunächst lediglich als Teil einer Redewendung, wenn mich meine Mutter oder eine andere mir nahestehende Person darauf aufmerksam gemacht hatte, dass ich in dieser oder jener kritischen Situation einen Schutzengel an meiner Seite haben musste. Langsam aber sicher begriff ich die Bedeutung der Worte und es gab und gibt nicht wenige Momente in denen ich glaube, er existiert wirklich und ich kann seine Nähe fast spüren. Er wurde und wird greifbar.

Nun glaube ich aber auch, dass es im Leben eines Jeden Menschen gibt, die Aufgaben eines Engels an einem selbst vollbringen. Menschen, die mir für mein berufliches und privates Dasein überaus wichtig geworden sind und die mich durch Unwägbarkeiten, Probleme und Täler tragen. Freunde können solche Engel sein, die mir ein offenes Ohr leihen und sich zu mir setzen, um mit mir Zeit zu teilen und Lösungen zu finden. Kollegen können Engel sein, indem sie mit mir an Ideen arbeiten und mich in Vorhaben unterstützen, zu meinen Vorschlägen stehen und dafür sorgen, dass ein überaus angenehmes Arbeitsklima herrscht. Die Familie kann aus vielen, für unterschiedliche Bereiche zuständige Engel bestehen. Meine Familie ist einigermaßen groß und jeder ist für mich auf eine ganz außerordentliche Art und Weise ein Engel.

Engel sind keineswegs Kreaturen, die mit dem realen Leben nichts zu tun haben oder gar Märchenfiguren, die nur in Büchern oder Filmen existieren. Engel sind mitten unter uns und es ist ein Segen, wenn man einige davon zu erkennen im Stande ist.

Ist „Dabeisein" alles?

Als ich heute in meinen Briefkasten geschaut habe, um zu bemerken, dass mal wieder kein lieber Brief oder eine nett gemeinte Postkarte den Weg zu mir gefunden hat, fiel mir nur die Fernsehzeitschrift der kommenden Wochen in die ausgebreiteten Hände. Meine Angewohnheit, als erstes auf den Sonntagabend in der ARD zu schauen, machte auch heute keine Ausnahme. Das Blättern durch die TV- Landschaft machte mir unmissverständlich deutlich, dass erneut ein sportliches Großereignis fast jeden Sendeplatz der nächsten Tage in Beschlag genommen hat. In diesem Fall die Olympischen Winterspiele. Beim kurzweiligen Grübeln über Olympia musste ich ohne Umschweife an den so oft gepriesenen und vermeintlich so stimmigen „olympischen Gedanken" denken: Dabeisein ist Alles! Näher betrachtet gilt dieser heroische Ausspruch allerdings schon längst nicht mehr für jeden teilnehmenden Sportler. Natürlich gibt es sie auch noch, die jamaikanischen Bobfahrer, die mexikanischen Skirennläufer, die malaysischen Biathleten für die alleine die Fahrt in ein fernes Land das Abenteuer ihres Lebens darstellt. Leider aber gibt es viel zu oft auch Sportler, die keineswegs nur wegen des Gemeinschaftssinns und dem olympischen Geist vier lange Jahre trainiert haben. Landen sie nicht in einer ihrer Paradedisziplinen auf dem ruhmbringenden Treppchen möglichst weit oben, so machen sie keinen Hehl daraus, dass nicht nur die laufende Saison ein Desaster sei, sondern dass sie ernsthaft überlegen ihre Karriere überhaupt noch fortzusetzen. Ohne Sponsoren, und die lassen sich schließlich nur reich dekorierte Athleten ordentlich was kosten, macht es für sie nicht nur wenig Sinn sondern ihnen fehlt schlicht und einfach die finanzielle Möglichkeit, ihren Beruf weiter nachzugehen.

Übrigens: Mein Wunsch war es, dass sich gerade bei diesen Spielen namhafte Länder gefunden hätten, die aus ethischen und moralischen Gründen auf ihre Teilnahme verzichtet hätten. Dabeisein ist nicht Alles. Wären ein paar der Hochkaräter des winterlichen Sportvergnügens dem homofeindlichen und umweltschindenden Russland fern geblieben, so hätten sie von mir und auch von angesehenen Stellen nicht nur ein dickes Lob und allergrößten Respekt erhalten, sondern auch jede Medaille die sie sich erträumten.

Pech/Glück!

„Mein Mann ist zwei Wochen nach der Hochzeit verstorben."

„Na dann hat er ja nicht lange leiden müssen!"

Whiskey- Tasting

Bin ich alt? Gestern Abend lud mich ein guter Freund zu einem Whiskey- Tasting ein. Als laienhafter Kenner der Szene hat er sich über die Jahre ein stattliches Sortiment an diversen Sorten und Geschmacksrichtungen des traditionsreichen Destillats zugelegt. Ich, als passionierter Biertrinker konnte und wollte die Einladung nicht ablehnen und natürlich trieb mich auch die Neugierde an. Meine bisherige Erfahrung mit Whiskey beschränkte sich auf meine Jugend, in der ich bei feucht- fröhlichen Gelegenheiten ein möglichst kostengünstiges Tröpfchen mit Cola mischte und es mir Einerlei war, ob es sich um Bourbon, Scotch oder ein Single Malt handelte. Hauptsache es schlug an. Dass ein Whiskey allerdings eine Geschichte hat, eine jeweils ganz eigenständige Note und ein zweites Leben am anderen Morgen, das wusste ich bis gestern nicht.

Schnell wurde meinem unwissenden Gaumen klar, dass es Whiskey und Whiskey gibt. Die Einen eher mild und angenehm, die Anderen wild und würzig. Manche blieben mir auch nach der vorgeschriebenen Neutralisierung mit reinem Wasser noch ein Andenken, obwohl bereits der Nächste anklopfte. Nun bin ich auch nach einem interessanten, abwechslungsreichen und freudigen Abend beileibe kein Profi, doch ich kann mit einiger Zuversicht sagen, dass ich sehr wohl gravierende Unterschiede benennen kann.

Heute Morgen dann durfte ich erleben, dass ein paar Stunden in der Welt des Whiskeys sehr wohl Nebenwirkungen mit sich bringen können. Die ersten drei bis vier Aufstößerchen ließen das Tasting noch einmal Revue passieren und es wehte ein malziges Aroma durch meine Wohnung. Aber das allein war nicht das einzige Souvenir, welches mir bis zur Stunde den Tag versüßt. Ich fühle mich alt. Mein Körper gibt ernsthafte Signale, die es richtig zu deuten gilt. Neben den schon vermuteten Kopfschmerzen hat sich ein Trägheitsgefühl seinen Weg gebahnt, das meine Funktionen zu narkotisieren scheint. Jeder Schritt, jede Bewegung ist zu viel des Guten. Ich harre

der Dinge und habe beschlossen, den Tag
waagerecht zu verbringen und mich nur mit
Hilfe des fahlen Nachgeschmacks an den
gestrigen Abend zu erinnern. Heute
hinterlasse ich in der Welt keine famosen
Spuren. Morgen ist ein neuer Tag.

Keineswegs nur fies

Die Mäuse stehen hier einmal
stellvertretend für all die armen, kleinen
Tiere, die einen eher zweifelhaften Ruf
genießen und meist bei Frauen einen
grellen, hysterischen Ausruf erklingen
lassen. Außer den Mäusen zähle ich
Spinnen, Ratten, Ameisen, allerlei
Kriechgetier sowie, verständlicherweise,
Läuse dazu. Gut, ich kann mich mit der
Feststellung anfreunden, dass durchaus
hübschere Tiere Gottes Ideenwerkstatt

entsprungen sind und dennoch haben auch sie einen Nutzen und eine Daseinsberechtigung und es mitnichten verdient, derart mit Füßen getreten zu werden. Mäuse zum Beispiel sind mittlerweile sogar in deutschen Kinderzimmern willkommen und als Haustiere offiziell anerkannt. Macht es zwar wenig Sinn, das Tier angeleint im nahen Park auszuführen, so kann es in den heimischen vier Gitterwänden ein Fest für die Augen sein. Die lieben Kinder schauen den langsam immer depressiver werdenden Nagern freudestrahlend beim Karusselfahren oder Räderlauf zu. Und Mama versucht so ihre Angst vor allem was kleiner ist als ein Pony und mindestens vier Beine hat zu therapieren.

Oder Spinnen. Spinnen sehen selbst in meinen gutgläubigen Augen nun wirklich nicht besonders knuffig aus. Sie eignen sich schon deswegen nicht als Haustiere, obwohl manch nebulöse Person ein vierzehn Hektar großes Terrarium im Keller deplatziert hat, um sich Vogelspinnen und Taranteln zu halten. Gerade die Tierchen, die sich gerne und oft in unsere Wohnungen verirren sind dagegen völlig harmlos. Es entzieht sich völlig meiner Kenntnis, weshalb zum Beispiel eine meiner Arbeitskolleginnen völlig panisch reagiert, sobald sie auch nur das kleinste aller existierenden Exemplare antrifft. Ich wollte auch einmal eine Spinne aus meinem Schlafgemach vertreiben und ging los, um ein Blatt Papier zu holen, mit dem ich den Eindringling buchstäblich vor die Tür setzen wollte. Betrat ich also mit Blatt und festen Willens wieder das Zimmer, war die Spinne verschwunden. Die Sache hatte sich ohne weiteres Handeln erledigt. Glaubte ich. Denn die von mal zu mal unwirklich werdende Situation wiederholte sich mehrere Tage und nie bekam ich sie zu fassen. Mein gesunder Menschenverstand sagte mir, dass er nicht mehr gesund zu sein schien. So beschloss ich beim nächsten Treffen mit der Spinne völlig normal zu reagieren und sie anzusprechen und mich nach ihrem Befinden zu erkundigen.

Es entwickelte sich eine über Monate andauernde Freundschaft. Sie lieh mir ihre offenen Ohren. Ich schenkte ihr Leben und ein warmes Plätzchen. Auch so kann man ungeliebten, vorurteilsbeladenen Tieren begegnen.

Gedanken kreisen weit zurück.

Gedanken ranken um ein Glück:

Er lehrte mich Besonnenheit,

Glaube und Empfindsamkeit.

Witz und Weisheit prägten mich,

Idee und Tat ergänzten sind.

Ich verneige mich aus Dankbarkeit,

aus Stolz und aus Bescheidenheit.

Vor seinem Sarg steh ich nun da

und flüstere trauervoll ein „K".

Weitsicht!

Frauen sind was Wunderbares. Wunderbar merkwürdig. In manchen Situationen zumindest. Ich habe das große Glück, und das versteht sich bitte ohne jedwede Ironie, ausnahmslos mit solchen Geschöpfen arbeiten zu dürfen. Gerade heute, während einer Besprechung, kam mir ein Satz zu Ohren, der nur so von Frauen kommen kann, der dieses wunderbar Merkwürdige fett unterstreicht und den ich nicht aus dem Zusammenhang reißen kann. Deshalb, so kurz und bündig es irgend geht, die ganze Wahrheit.

Wir schreiben das Jahr 2014 nach Christi Geburt. In einem kleinen aber recht feinen Dörfchen nahe der niederländischen Grenze im tiefen Westen Europas, versammelte sich eine Gruppe Arbeitskollegen zum wöchentlichen Gedankenaustausch und zur Diskussionsrunde anstehender Themen. Nachdem die primär wichtigen Ergebnisse erarbeitet und alle Eventualitäten zur Freude der Gemeinschaft bedacht wurden, sagte uns ein Blick auf die Uhr: Der verdiente Feierabend hatte seine Tore noch nicht geöffnet. Somit blieb uns diese oder jene Minute, um über den anstehenden Betriebsausflug zu debattieren. Und schon jetzt wurde es merkwürdig. Normalerweise dauern Abstimmungen unter Frauen, die einen unterhaltenden Kern als Auslöser haben, wochenlang. Die Einen wollen lieber Shoppen, die Anderen Party, die Nächsten Kultur und die Letzten am liebsten alles zusammen. Ich rieb mir verwundert die Ohren, als ich hören durfte, dass es gleich beim ersten Vorschlag keine ernstzunehmenden Einwände gab. Wunder oder Zufall? Die Beantwortung dieser Frage war mir völlig gleichgültig. Ziel ohne größere Verluste erreicht! Wir würden den Tag also so begehen, dass wir über den Tag verteilt ein paar interessante und amüsante Programmpunkte absolvieren und am Abend uns in einer dem Anlass entsprechenden Lokalität niederlassen.

Und jetzt kommt er, der Satz, dem ich meinen heutigen Gedanken des Tages widme. Ein Satz, den man(n) sich auf der Zunge zergehen lassen sollte. Ich entscheide mich dafür, ihn nach der Niederschrift nicht weiter zu kommentieren. Er steht und spricht für sich:

„Ich weiß schon, was ich anziehe!"

Ode an die Eier

Alles tierische und menschliche Leben stammt aus Eiern. Irgendwie. Die ganze Schöpfung stemmt sich aus kleineren und größeren Eiern ans Tageslicht. Und wir, die Krone derselben, lassen uns kein sinnlicheres Wort, keinen hymnenartigeren Ausdruck für dieses Wunder einfallen als Ei? Wie doof ist das denn?

Einfältige Besserwisser könnten ihre Argumente durchaus derart begründen, dass schließlich ein Ei im Regelfall ziemlich klein ist und somit auch ein nicht vor

Buchstaben wimmelndes Wörtchen dafür herhalten sollte. Denkt man diesen Gang weiter, so müsste dann aber auch das Wort im weiteren Verlauf seines Bestehens wachsen, so, wie aus den Eiern Leben entsteigt und es zu wachsen beginnt. Nicht die Leben spendende Sache an sich, mehr das Wort ist in unserer Sprache mit etwas negativem Beiklang behaftet. Selbst in die Reihe der einfallslosen Schimpfwörter musste sich das Ei einfügen. Sicherlich, sagt man zu einem Gegenüber „du Ei", so hat sich zu einer humanen Version entschlossen, dennoch schwingt ein fader Unterton mit. Ebenso wie mit der Sprache kann auch mit Gesten das Ei als äußerst schmerzhaftes „Kriegsmittel" eingesetzt werden. Steht man oder gerne auch frau einer verfeindeten, maskulinen Person vis a vis, so ist dieser durch eine gezielten Hieb unterhalb des Bauches ordentlich außer Gefecht zu setzen.

Auch das uns so ans Herz gewachsene Frühstücksei muss kurz vor seinem Ende wahre Torturen über sich ergehen lassen. Nichts ahnend versenken wir es in kochend heißem Wasser und laben uns an seinem folternden Bade. Hat es Dieses überstanden, folgt auf dem Fuße der nächste Schock. Und zwar der Kälteschock, in dem wir es auf brutalste Weise abschrecken. Als wäre das alles nicht genug der Hinrichtung schlagen wir dem Ei am Ende entweder noch den Kopf ein oder ziehen ihm sein Fell über die Ohren. Jeder nun folgende Bissen sollte uns vor Scham im Halse stecken bleiben.

Wie immer wir das Ei auch misshandeln und missachten, es hat es beileibe nicht im Geringsten verdient. Wir sollten uns an den Dingen erfreuen, die uns durch die Eier geschenkt werden und uns daran erinnern, wo wir herkommen. Ei o Ei!

Berge, nein danke

Nein, Berge sind nichts für mich. Ich habe zwar noch nie eine längere Zeit bewusst in höheren Lagen verbracht, aber allein der Gedanke daran, dass mir der weite Blick zugestellt sein könnte, macht mir Sorgen. Meine Auffassung von Freiheit, die während eines Urlaubes eine wichtige Rolle spielt, umfasst die Möglichkeit, in die Ferne zu schauen. Und dies gelingt mir am besten im Norden, da, wo ausnahmslos die Deiche oder die trübe Sicht den Horizont bestimmen.

Mag das Wetter auch gerne mal nicht den typischen Freizeitansprüchen genügen, so entschädigen die Natur und die Landschaft für Alles. Etliche Male schon bin ich während eines ausgedehnten Spazierganges durch Dünen und Wiesen von einem Urplötzlichen Wetterumschwung überrascht worden und nass bis auf die Knochen in mein Domizil zurückgekehrt. Ebenso häufig mag mich ein stürmischer Wind daran gehindert haben, die Ausfahrt mit dem Rad planmäßig zu beenden, in dem er seine ganze Kraft gegen mich zu erheben schien. Doch diese Ungemütlichkeiten hindern mich in keinster Weise daran, mit allen Sinnen meine Umgebung wahrzunehmen. Der Duft von wehendem Dünengras lässt keine Zweifel daran, dass mein Nase zu Freudensprüngen ansetzt. Das Auge hat unterdessen genug damit zu tun, die Schönheit der Küste und des Umlandes zu verarbeiten.

Ich würde meinen Sinnen gerne eine neue, nächsthöhere Stufe des Glücks zumuten und mich über meinen bisherigen, nördlichen Tellerrand hinaus begeben. Weiter oben auf der Landkarte gibt es viele Stellen, die es zu bewundern gilt. Ganz abgesehen von der mit Worten nicht zu fassenden Landschaft Skandinaviens, kitzelt mich sogar das eine Ende der Welt. Wobei es in engerem Sinne kein Ende ist, sondern wenn überhaupt, dann höchstens ein Wendepunkt. Die Reise durch die Fjorde an den steilen Klippen entlang bis hinauf ins ewige Eis wäre für mich und mein Gefühl von Freiheit und Schönheit ein Level, dass zu erreichen sich lohnen würde.

Gereimt

Die bunte, weite Welt wird regiert von Waffen und dem lieben Geld. Menschen fehlt mehr und mehr die Fantasie, ein Fehler der modernen Anatomie. Stattdessen quält man sich bei seiner unerfüllten Arbeit und es fehlt die Lust am kulturellen Zeitvertreib. Macht treibt viele in den Wahn und die Realität zieht oft den humanitären Zahn.

Die Liebe spielt mit uns ein lebendiges Spiel, bei dem die meisten Wege führen nie ans Ziel. Mann und Frau, Kinder und ein Hund sind längst kein ordinärer Grund. Alleine sein, Verantwortung abstoßen, so machen das die Großen. Den Kleinen erzählen wir in jungen Jahren, dass sie die Tugenden bewahren. Uns selber kommen sie in unseren Landen mit zunehmendem Alter immer mehr abhanden. Treue, Aufrichtigkeit, Geduld, Nachsicht, Ehrlichkeit sind Begriffe, die Manchem anmuten wie aus längst vergangener Zeit.

Nach jahrelangem Leben auf dem Planeten
Erde bin ich zum Entschluss gekommen,
dass ich versuchen werde, meine
Mitmenschen so zu erkennen wie sie sind,
einerlei ob Senior, Teenie oder Kleinkind. Im
Miteinander der Generationen wird sich nur
die richtige Kommunikation am Ende
lohnen. Den Unterschied macht die Wahl
der Worte, denn jedes Alter, jede
Lebenswurzeln bedienen sich ner anderen
Sorte. Die persönliche Einstellung zu seinem
Gegenpart bestimmt bei Gesprächen den
wörtlichen Start. Viele Krisen, die den
Globus überfluten könnten mit Einstellung
und Empathie sicherlich enden im Guten.

Geld!

Ist es denn die Möglichkeit? Jetzt erdreiste ich mich doch allen Ernstes dazu, einen Tagesgedanken an das Geld zu verschwenden und mache diesen auch noch öffentlich. Dabei heißt es so schön: „Über Geld spricht man nicht!" Und weiter: „Entweder man hat es, oder man hat es nicht." Ich vertrete die Meinung, dass man diesen Ausspruch relativieren sollte. Dennoch, die Kluft zwischen arm und reich wird bekanntermaßen überall schier unüberbrückbar. Und an dieser Stelle kommt das Wissen ins Spiel. Die Reichen wissen beim besten Willen nicht mehr, wohin mit ihren Miliönchen und investieren in immer abstrusere Geschäftsideen. Die Armen wissen nicht, wie sie den nächsten Sonnenaufgang erleben und morgen etwas halbwegs Essbares in die Finger bekommen können.

Wie kann ich meine rein finanzielle Situation beschreiben? Die Sorgen, die Nöte die das eine wie auch das andere Extrem mit sich bringen, habe ich nicht. Mir hat sich

die Frage noch nie gestellt, ob ich die
angehäuften Geldsummen, die in der
Portokasse schlummern, lieber für den Kauf
einer dreißig Meter Yacht verwende, oder
mir zum Geburtstag eine eigene Insel im
Pazifischen Ozean gönne. Dem
entgegengesetzt danke ich unserem Herrn
und Gott täglich dafür, dass ich im Fall der
Fälle immer einen Laib Brot im Schrank und
schnell erreichbare Wasserquellen in
meiner Umgebung finde. Mehr noch.
Meiner Ansicht nach schwelge ich geradezu
in Luxus, im Vergleich zu vielen Menschen
in unserem Industriestaat. Ich weiß, wo ich
die Nächte sicher und warm verbringen
kann, ich darf einen Beruf ausüben, der
mich voll und ganz erfüllt. Ich kann dort
Urlaub machen, wo mein Körper und mein
Geist sich erholen können. Wenn ich auf die
Straße trete, um mich am sonnigen Wetter
zu erfreuen, brauche ich keine Angst zu
haben, dass mich eine Gruppe radikaler
Personen überfällt und niederschlägt. Ich
kann jederzeit die in Hülle und Fülle
vorhandenen Medien nutzen, um mich zu
bilden und zu informieren. Ja, ich kann

behaupten, dass dies ein nicht zu verachtender Luxus ist.

Gebildete Menschen sagen oft, dass es zum Leben nicht viel braucht. Und schon gar nicht viel Geld. Diese Menschen aber vergessen vielleicht, dass „nicht viel" nicht das Gleiche ist wie „nichts".

Hab ich alles hier notiert?

Ist mein Haupt nun frisch sortiert?

Gibt es zu erzählen noch Geschichten,

oder schlummernde Gedichte zu erdichten?

Sind meine Gedanken ausgedacht?

Ist über jedes Chaos schon gelacht?

Im Haupt wird keine Ruhe bleiben.

Neuer Salat! Weiterschreiben!

Danke

Ich danke Dir. Du bist mein Motor.

Danke

Ich danke Dir. Du bist mein Stolz.

Danke

Ich danke Dir. Du bist mein Herz.

Forevermore!